DIESES BUCH GEHÖRT:

Die drei ???

Die drei ???
und das Fantasmofon

erzählt von Kari Erlhoff

KOSMOS

Umschlagillustration von Silvia Christoph, Berlin
Umschlaggestaltung von der Peter Schmidt Group, Hamburg,
auf der Grundlage der Gestaltung von Aiga Rasch (9. Juli 1941–24. Dezember 2009)

FSC www.fsc.org MIX Papier | Fördert gute Waldnutzung FSC® C083411

Gedruckt auf Cradle to Cradle Certified™ Munken Papier

ISBN 978-3-440-18052-5
Redaktion: Anne Pagel
Lektorat: Nina Schiefelbein
Produktion und Satz: DOPPELPUNKT, Stuttgart
Druck und Bindung: CPI books GmbH, Leck
Printed in Germany / Imprimé en Allemagne

Die drei ???

und das Fantasmofon

Einbruch in Malibu

»Gleich haben wir den Schlüssel.« Bob Andrews bog die Zweige eines Busches zur Seite. Wie erwartet, befand sich dort ein kleiner Metallkasten. Er drehte das erste Rädchen am Zahlenschloss. »Ich muss nur noch den Code eingeben.«

»Praktisch für Leute, die gerne ihre Sachen verlegen«, kommentierte sein Freund, Justus Jonas. Der Erste Detektiv sah sich aufmerksam um. Selbst wenn die drei ??? mal keinen Fall hatten, war er immer im Einsatz. Ganz im Gegensatz zu Peter Shaw, der entspannt am Zaun lehnte und aussah, als würde er gleich einschlafen.

»Seltsam.« Bob stutzte.

»Was ist?« Schon war Justus neben ihm am Tor.

»Der Schlüsselsafe ist leer!«

Der Erste Detektiv inspizierte den Kasten. Es gab keine sichtbaren Spuren von Gewalteinwirkung. »Sax Sandler hat den Schlüssel vermutlich nach seinem letzten Besuch aus Versehen mitgenommen.«

Bob stöhnte auf. »Dann sind wir den ganzen Weg nach Malibu umsonst gefahren.«

»Und das auch noch so früh am Morgen.« Peter gähnte.

»Nicht unbedingt«, widersprach Justus. »Deinen Berichten zufolge, Bob, handelt es sich bei *Sandy Cottage* lediglich um eine schlichte Hütte.«

»Und?«, fragte Bob ungeduldig.

Justus lächelte zuversichtlich. »Es liegt nahe, dass Peter uns mithilfe seines Dietrichsets Zugang verschaffen kann.«

»Du willst in das Ferienhaus von Sax einbrechen?«, fragte Peter verblüfft. Der Zweite Detektiv öffnete die Augen und drehte sich zu seinen Freunden um.

»Mitnichten«, erwiderte Justus. »Ich möchte Bob helfen, seinen Auftrag zu erledigen. Sax Sandler hat ihn losgeschickt, um wichtige Dokumente zu holen. Zudem hat er um Beeilung gebeten. Auf welche Weise Bob nun an die Dokumente gelangt, spielt keine Rolle – solange wir nichts beschädigen.«

»Das stimmt. Leg los, Peter«, entschied Bob nach kurzem Zögern. Er wollte Sax nicht enttäuschen. Der Chef der Musikagentur *RockPlus* behandelte Bob wie einen erwachsenen Mitarbeiter – obwohl er dort eigentlich nur einen Aushilfsjob hatte.

»Geht klar.« Peter grinste und nahm seinen Rucksack ab. Das Dietrichset trug er fast immer bei sich. Es gehörte zur Standardausrüstung der drei Detektive. »Nicht, dass die neuen Bands am Ende noch bei einer anderen Agentur unter Vertrag gehen.«

Es dauerte nicht lange, bis das Tor quietschend aufsprang. Bob betrat als Erster das Grundstück, das direkt an der Steilküste lag. Das Cottage selbst befand sich ein Stück weiter unten am Hang. Wie die meisten Strandhäuser in der Gegend stand es auf hohen Stelzen, die das Gebäude vor der Flut schützten.

Schwungvoll sprang Bob die Treppenstufen zum Haus hinunter. Justus und Peter folgten ihm. Als ihr Freund plötzlich stehen blieb, wären sie fast in ihn hineingerannt.

»Was ist denn jetzt schon wieder?«, fragte Peter.

»Pst!«, machte Bob. »Da ist jemand!«

Einen kurzen Moment lang hatte er den Umriss eines Menschen hinter einem der Fenster gesehen. Dann war die Person eilig hinter der halb geöffneten Gardine verschwunden. Sax selber konnte es nicht gewesen sein, Freunde von ihm auch nicht – die kamen eher im Sommer für einen Kurzurlaub vorbei, nicht im Februar, der dieses Jahr für südkalifornische Verhältnisse noch dazu kühl und regnerisch war. Außerdem meldeten sie sich für gewöhnlich vorher an. Blieb also nur ein Einbrecher! Bob ärgerte sich, dass die Person die Jungen gesehen hatte und nun gewarnt war.

Sie tauschten alle drei einen Blick. Justus nickte kaum merklich. Dann gab er seinen Freunden ein Handzeichen. Er hatte eine Idee, wie sie vorgehen sollten. Langsam stieg er die letzten Stufen hinunter und steuerte auf das verwitterte *Sandy Cottage* zu. Links und rechts führte ein Steg mit Geländer um das Gebäude herum. Justus spähte durch das Fenster neben der Eingangstür. Dann klopfte er. Nichts geschah. Als auch das zweite

Klopfen unbeantwortet blieb, bedeutete Justus seinen Kollegen, die Seiten des Hauses sicherzustellen. Bob folgte der Anweisung, obwohl ihm das überhaupt nicht gefiel. Gut möglich, dass mehrere Personen im Haus waren. Im schlimmsten Fall sogar … Bevor Bob weiterdenken konnte, hörte er einen Schrei.

Peter war an der rechten Seite des Hauses entlanggeschlichen und spähte nun vorsichtig um die Hausecke auf eine Terrasse. Die Aussicht aufs Meer ließ sein Surfer-Herz höherschlagen. Gestern hatte es von morgens bis abends geregnet, aber heute war das Wetter perfekt. Hohe Wellen brachen sich kurz vor der Küste und spülten schäumende Gischt auf den Strand. Für einen kurzen Moment war Peter abgelenkt. Dann hörte er, wie eine Tür geöffnet wurde. Auf den Terrassendielen erklangen Schritte! Der Zweite Detektiv war hin- und hergerissen. Sollte er sich schnell zurückziehen oder einen Angriff wagen? Die Entscheidung erübrigte sich, denn jemand kam um die Hausecke direkt auf ihn zu. Es war eine blonde Frau – die eine Sprühdose in ihrer erhobenen Hand trug: Pfefferspray!

Die Frau drückte ab. Der Zweite Detektiv schrie auf. Instinktiv riss er die Arme vors Gesicht. Eine beißende Wolke hüllte ihn ein, wurde jedoch beinahe gleichzeitig von einer starken Windböe davongetragen. Die Frau keuchte. Vermutlich hatte sie einen Teil der Ladung abbekommen. Das passierte, wenn man die Rechnung ohne den Wind machte.

Peter nutzte seine Chance und warf sich auf seine Gegnerin. Schon landeten sie auf den Dielen.

»Halt sie fest!«, hörte Peter Justus' Stimme hinter sich. Fast gleichzeitig kam Bob um die Hausecke gelaufen.

»Lass mich los!« Die Frau wand sich wie ein Aal. Gleichzeitig begann sie zu treten. Wenn sie eine zweite Chance mit dem Spray bekam, hatte Peter schlechte Karten.

Diesen Gedanken schien Bob ebenfalls zu haben. Er hechtete vor und riss ihr die Sprühdose aus der Hand. »Geben Sie auf!«

Die Frau funkelte Bob wütend an.

»Ruft die Polizei!«, forderte Peter.

»Gute Idee.« Die Frau hörte auf zu treten. »Ruft die Polizei! Dann kann die euch auch gleich mal erklären, wie das mit dem Betreten von Privatgrundstücken ist.«

»Uns?«, wunderte sich Peter. »*Sie* sind doch eingebrochen!«

»Diese Schlussfolgerung gilt es zu überprüfen«, wandte Justus ein. »Und rechtlich gesehen ist eine verdächtige Person unschuldig, bis die Schuld bewiesen ist.«

Die Wut der Frau wich Fassungslosigkeit. »Was um alles in der Welt wollt ihr hier?«

»Das könnten wir Sie auch fragen.«

»Ich wohne hier!«

»Irrtum«, entgegnete Justus. »Zum einen ist dies lediglich ein Feriendomizil und zum anderen sind Sie nicht die rechtmäßige Besitzerin.«

Die Frau strich die Strähnen zurück, die sich aus ihrer Hochsteckfrisur gelöst hatten. »Bin ich doch!«

Peter tauschte einen panischen Blick mit Bob. »Haben wir die Hausnummer verwechselt?«

Flüsterndes Licht

»Nein …«, stammelte Bob. »Das kann nicht … Ich bin mir sicher, dass dieses Haus Sax gehört. *Sandy Cottage*!«

Die Frau nickte matt. »Das Haus ist nach mir benannt. Ich bin Doktorin Sandra Melusine Sandler.«

Peter lockerte seinen Griff. »Sind Sie die Schwester von Sax?«

»Wohl eher seine Exfrau«, dämmerte es Bob. »Sax hat einen Song über Sie geschrieben, den er hin und wieder spielt.«

»Einen Song?« Die Frau sah verdutzt aus. »Über mich?«

»*Sandy Melusine, nimm deinen Kram und geh!*«, zitierte Bob. »*Deine schicke Violine tut mir in den Ohren weh.*«

»Sehr schmeichelhaft.« Die Frau setzte sich langsam auf und rückte die Perlenkette um ihren Hals zurecht.

»Ich wusste gar nicht, dass Sax verheiratet war«, staunte Peter.

»Es ist ewig her«, sagte die Frau.

»Vielleicht sollten wir zunächst Sax anrufen«, schlug Justus vor. »Wenn Sie sich tatsächlich rechtmäßig in diesem Haus aufgehalten haben und er Sie davon überzeugen kann, dass wir das Grundstück nicht unbefugt betreten haben, können wir uns den Anruf bei der Polizei sparen.«

»Wenn es sein muss.« Die Frau ächzte. »Ruft ihn meinetwegen an. Dann kann ich ihm auch gleich sagen, dass die Dusche nicht richtig abfließt.«

Bob telefonierte mit seinem Chef. Der war wenig erfreut über den Gast, bestätigte aber die Geschichte. Sandra Melusine Sandler war seine Exfrau und Mitbesitzerin des Hauses, weswegen sie die Kombination für den Schlüsselsafe kannte.

»Wenn sie in der Gegend ist, residiert die feine Dame normalerweise in komfortablen Hotels«, rechtfertigte sich Sax. »Nicht im Ferienhaus.«

»Willst du sie kurz sprechen?«, fragte Bob.

»Auf keinen Fall!«, entgegnete Sax mit Nachdruck.

»Ich bitte aber darum«, mischte sich Justus ein. »Er soll ihre Identität verifizieren.«

»Du sollst bestätigen, dass sie es ist«, übersetzte Bob, stellte sein Handy auf Lautsprecher und reichte es an die Frau weiter.

»Sax?«, sagte sie kühl, ohne eine Begrüßung abzuwarten. »Ich bin für die Stiftung in der Gegend und brauchte spontan eine Übernachtungsmöglichkeit …«

»Spontan?«, bellte Sax. »Du?«

»Ich kann spontan sein, stell dir vor.«

»Müssen die *Foxy Molldurs* denn jetzt schon das Geld für das Hotel sparen?«

»Selbstverständlich stellt mir die *Foxine Molyneux-Durbury Foundation* ein Hotelzimmer, aber …«

Schon steckten Sax und seine Exfrau mitten in einem Streit. Bob sah ungeduldig auf seine Armbanduhr. Die Verträge lagen noch immer im Haus und Sax musste zu seinem Termin.

»Es stört mich aber!«, rief Dr. Sandler gerade. »Was ist denn bitte spießig daran, einen Klempner zu holen?«

»Ha!«, machte Sax. »Klassik will Komfort, aber Rock braucht keine Extras. Wer bei Festivals im Matsch zeltet, kommt mit jeder Dusche klar.«

Bob räusperte sich. »Sax, könnt ihr das vielleicht später klären? Wir haben hier noch eine Aufgabe zu erledigen.«

»Stimmt«, tönte es aus dem Handy. »Vergiss den Klempner! Wir sind in Eile und haben keine Zeit für deine Probleme. Also halte meinen Assistenten bitte nicht länger auf.«

»Nein, du hörst mir jetzt zu«, ereiferte sich Dr. Sandler. »Ich muss mich um eine marode Villa kümmern, bin von einem Geist heimgesucht worden, habe anschließend eine unruhige Nacht in dieser Strandhütte verbracht und wurde überdies noch von drei Jungen überfallen, die hier eingebrochen sind!«

Sax lachte auf. »Die Jungs sind keine Einbrecher. Aber weißt du was? Sie sind Detektive! Wenn es irgendwo spukt, gehen sie der Sache auf den Grund. Wobei du doch gar nicht an Geister glaubst. Dafür braucht man schließlich Fantasie.«

»Spar dir deine schnippischen Kommentare«, schimpfte Dr. Sandler. »Ich lege jetzt auf.«

»Ich –«, begann Sax, wurde jedoch weggedrückt.

»Darf ich fragen, was es mit dem vermeintlichen Geist auf sich hat?«, fragte Justus, während Mrs Sandler Bob das Handy zurückgab.

»Wie Sax schon gesagt hat, glaube ich nicht an Geister«, antwortete sie. »Allerdings habe ich letzte Nacht ausgesprochen seltsame Dinge erlebt, für die ich keine vernünftige Erklärung finde.«

»Vielleicht können wir nach einer Erklärung suchen«, schlug Bob vor. »Zuerst müsste ich aber ein paar Unterlagen aus dem Haus zu Sax bringen.«

Zehn Minuten später machte sich Bob mit seinem gelben Käfer auf den Weg. Justus und Peter waren im Ferienhaus geblieben und saßen nun auf einer zerschlissenen Couch.

Der Erste Detektiv hatte sich darauf vorbereitet, Überzeugungsarbeit leisten und erst einmal viel erklären zu müssen, aber Dr. Sandler hatte widerstandslos die Visitenkarte der drei ??? entgegengenommen.

»Die Fragezeichen stehen für ungelöste Rätsel und unerforschte Geheimnisse. Dementsprechend gehen wir unvoreingenommen ans Werk«, berichtete Justus, während sie die Karte las.

»Wir haben auch schon Fälle gelöst, bei denen es um Spukhäuser und Geistererscheinungen ging«, fügte Peter hinzu.

Dr. Sandler lachte trocken auf. »Lasst mich raten. Ihr habt die Gespenster aus dem Haus getrieben, auf der Terrasse überfallen und ihnen anschließend mit der Polizei gedroht?«

»Das machen wir nur bei Einbrechern.« Peter wurde rot. »Und es tut mir leid, dass ich Sie umgeworfen habe. Ich wollte mich nur verteidigen.«

»So ging es mir auch«, sagte Dr. Sandler. »Ich war gerade dabei gewesen, mir einen Tee zu kochen, als ihr die Treppe herunterkamt. Da sind bei mir alle Sicherungen durchgebrannt. Erst die schreckliche Nacht und dann ein Überfall auf das Cottage. Das war eindeutig zu viel für mich.«

»Verständlich«, räumte Justus ein. »Aber vielleicht führt dieses Missverständnis unerwartet zu der Lösung Ihres Problems. Wie gesagt, wir sind Detektive und haben Erfahrung mit Spukphänomenen. Unsere Schule ist wegen eines Wasserschadens bis zum Wochenende geschlossen. Wenn Sie möchten, nutzen wir die freien Tage für die Ermittlungen.«

Dr. Sandler nickte langsam. »Vielleicht ist die Idee gar nicht so schlecht. Ein richtiger Detektiv würde sich am Ende nur über mich lustig machen, so wie Sax. Gleichzeitig möchte ich schon, dass der Sache nachgegangen wird.«

»Bei uns ist der Fall in guten Händen.« Justus ersparte sich den Hinweis, dass sie durchaus richtige Detektive waren. Stattdessen bat er Dr. Sandler, mehr über sich und ihren Besuch in der Gegend zu berichten.

»Nun«, begann sie. »Ich bin Dozentin für Musikwissenschaft an der Universität in Berkeley und lebe deshalb oben in San Francisco. Nebenbei arbeite ich für eine Stiftung hier in Südkalifornien – die *Foxine Molyneux-Durbury Foundation* zur Förderung musikalischer Nachwuchs-Talente. Ich habe dort bereits als Studentin angefangen, genau wie Sax. So haben wir uns kennengelernt. Aber das Kapitel mit ihm ist abgeschlossen. Gerade kümmere ich mich für die Stiftung um eine Künstler-Residenz.«

»Die Geistervilla?«, hakte Justus nach.

»Geistervilla klingt mir eine Spur zu verrückt«, antwortete Dr. Sandler, »aber die seltsamen Phänomene spielten sich tatsächlich in *Fogmire House* ab. Das Gebäude wurde uns Ende letzten Jahres von einer Professorin der Uni Ruxton zur Verfügung gestellt. Junge Komponisten aus ganz Amerika können sich bei der Stiftung bewerben und anschließend für ein paar Monate in der Villa wohnen und arbeiten. Sie zahlen keine Miete und erhalten ein großzügiges Taschengeld, verpflichten sich dafür aber auch, Musik-Workshops für Jugendliche zu geben und zum Abschluss ein Hauskonzert zu organisieren.«

»Das wird vielleicht keiner wollen, wenn es in der Villa spukt«, sagte Peter.

»Genau«, antwortete Dr. Sandler. »Nur, dass das ja eigentlich vollkommen absurd ist. Bisher musste ich die Leiterin der Stiftung nie enttäuschen. Und jetzt soll ich der alten Mrs Durbury erklären, dass ihr Programm an Gespenstern scheitert? Die erste Künstlerin wird schon Ende nächster Woche erwartet und ich sollte sicherstellen, dass die Villa bis dahin bezugsfertig ist.«

»Könnte man den Termin verschieben?«, fragte Justus.

»Nicht noch einmal. Wir sind schon zu spät dran, da ein Formular für die Versicherung fehlte. Genau deshalb bin ich ja auch aus dem Norden angereist. Die Arbeiten am Haus verzögern sich zunehmend. Mrs Durbury und die anderen Stiftungsmitglieder sind hochbetagt und haben sich aus der aktiven Arbeit zurückgezogen. Außer mir gibt es nur noch meinen Kollegen Archie. Er ist mit dem Projekt wohl etwas überfordert.«

»Sie sind also für die Stiftung hier und haben in dem zukünftigen Künstler-Haus übernachtet«, fasste Peter zusammen. Er wurde langsam ungeduldig. Schließlich ging es hier um Geister, nicht um uralte Leute, die irgendetwas mit Musik zu tun hatten. »Was ist denn nun genau passiert?«

»Das wüsste ich auch nur zu gern«, sagte Dr. Sandler mit sorgenvoller Miene. »*Fogmire House* ist ein einsames und noch dazu merkwürdiges Gebäude. Ich bin wirklich nicht abergläubisch, aber die Ereignisse in der Nacht ...«

»Heulen?«, fragte Peter. »Oder Kettenrasseln?«

»Flackerndes Licht«, antwortete die Frau. Sie atmete tief ein und wieder aus. »Die Glühbirnen spielten verrückt. Dazu erklangen ein dumpfes Brummen und … flüsternde Stimmen. Dann wieder kam es mir vor, als würde jemand singen.«

»Ein echter Spuk«, sagte Peter.

»Das würde ich so nicht sagen«, wandte der Erste Detektiv ein. »Einzeln betrachtet kann man die Ereignisse durchaus erklären: Schwankungen im Stromnetz, die Auswirkungen von Zugluft, die Geräusche alter Heizungsrohre oder Klänge aus Nachbargebäuden.«

»Exakt das habe ich auch gedacht«, sagte Dr. Sandler. »Es begann ja erst nur mit dem Licht. Als ich plötzlich leise Stimmen hörte, bin ich immer noch von einem technischen Problem ausgegangen. Zum Beispiel von einem defekten Radiowecker, der noch eingeschaltet war.«

»Aber Sie haben keinen Wecker gefunden«, griff Peter vor.

Dr. Sandler nickte zögerlich. »Und die Geräusche kamen auch nicht aus einem Raum, sondern von überallher und zugleich von nirgendwo.«

»Das klingt also doch nach einem Spuk«, fand Peter.

»Zu diesem Zeitpunkt wurde mir auch mulmig zumute«, gab Dr. Sandler zu. »Ich bin durch das komplette Haus gewandert, konnte aber keine Geräuschquelle ausmachen. Unten im Salon war es besonders intensiv. Ein Summen und Brummen und schließlich eine Art Wimmern. Nach kurzer Zeit vibrierten sogar die Vasen und Fensterscheiben. Das Licht begann immer stärker zu flackern und ich bekam Angst. Haltet mich nicht für verrückt, aber es war, als würde das Licht selbst Worte flüstern.«

»Was für Worte denn?«, fragte Peter unbehaglich.

»Angst … Verbindung … Totenreich … und so etwas.«

»Flimmerndes und blitzendes Licht kann sich auf das Gehirn auswirken«, erklärte Justus.

»Auch Töne können das!«, fügte Peter hinzu. »Da wird einem ganz schwummerig vom Zuhören.«

»Es ist durchaus möglich, dass Ihr Kopf Ihnen aufgrund bestimmter Reize einen Streich gespielt hat«, sagte Justus. »Allerdings müssten wir uns im Haus umsehen, um diese Theorie zu bestätigen. Zudem bleibt die Frage, was dafür verantwortlich ist – oder wer.«

»Wo wir schon von Klängen und Licht sprechen …« Dr. Sandler wirkte mit einem Mal etwas verlegen. »*Fogmire House* hat eine besondere Geschichte.«

»Die Villa ist verflucht!«, mutmaßte Peter.

»Das nicht«, entgegnete Dr. Sandler. »Aber das Gebäude hat früher einem … Sonderling gehört. Er hat verrückte Apparate erfunden. Angeblich auch einen, der Schwingungen aus der Totenwelt in Licht und Ton umwandeln kann.«

»Was für Schwingungen?«, fragte Peter. Ihm war anzumerken, dass er die Antwort eigentlich gar nicht hören wollte.

»Die Stimmen von Verstorbenen«, sagte Dr. Sandler. Sie lachte bemüht. »Aber das ist wohl nur eine Gruselgeschichte. Wer glaubt schon ernsthaft an ein Fantasmofon?«

Das Geistertelefon

»Das Fantasmofon ist wohl so eine Art Geistertelefon«, bestätigte Bob am Nachmittag. »Ein Kontakt zum Totenreich.«

»Telefon! Telefon! Wo die Toten halten ewig Wacht!« Ein schwarzer Schatten glitt durch den kleinen Raum und landete auf der Lehne eines Stuhls.

Peter zuckte zusammen. »Blacky! Aus!«

»Ich hab noch jeden reingelegt!«, verkündete der Mynah. Der zahme Vogel war von seinem Vorbesitzer kurz vor dessen Tod im Sprechen trainiert worden und kannte daher einige düstere Sprüche. Inzwischen wohnte Blacky auf dem Schrottplatz – oder besser gesagt, auf dem Gelände des »Gebrauchtwarencenters T. Jonas«. Der Betrieb gehörte Mathilda und Titus Jonas, die nicht nur Blacky ein neues Zuhause gegeben hatten, sondern auch ihrem Neffen Justus, dessen Eltern vor Jahren ums Leben gekommen waren.

Die drei ??? hatten Blacky gerade aus der Voliere geholt. Jetzt saß er mit ihnen in der Zentrale – einem alten Wohnwagen, der unter einem Haufen Gerümpel vor neugierigen Blicken verborgen war. Die Zentrale diente den Jungen als Büro, Labor und Geheimversteck.

»Jetzt hör aber mal auf, Bob«, empörte sich Peter. »Mein guter Vorsatz zum neuen Jahr war, dass ich mich nicht mehr mit Gespenstergeschichten reinlegen lasse. Ich habe beschlossen, dass es keine übernatürlichen Wesen gibt, und jetzt soll es um ein Geistertelefon gehen? Das ist doch verrückt!«

»Verrückt schon«, sagte Justus, während er Blacky einen Sonnenblumenkern anbot. »Aber auch sehr interessant.«

»Gib es zu: Du freust dich auf die Geistervilla.« Peter verschränkte die Arme. »Wenn andere in Panik aus einem Haus fliehen, kannst du es kaum erwarten, reinzugehen.«

Tatsächlich hatte der Erste Detektiv eigenmächtig entschieden, dass die drei ??? unbedingt eine Nacht in der Villa der Stiftung verbringen mussten. In einer Ecke des kleinen Büros stand bereits ein fertig gepackter Koffer mit der Detektivausrüstung. Die deutlich kleinere Tasche daneben enthielt vermutlich alles, was Justus für eine Übernachtung brauchte.

Peter lachte heiser. »Ich sage euch, dass die Sache mit diesem Geisterfon einfach nur Quatsch ist.«

»Fantasmofon«, korrigierte Bob. »Und ich berichte ja nur, was ich bei meinen Nachforschungen erfahren habe.«

»Das ist auch vollkommen richtig.« Justus lehnte sich auf dem massiven Bürostuhl zurück, auf dem er bei Besprechungen am liebsten thronte. »Ich würde gerne ungefiltert alles hören, auch die Legenden und Gerüchte.«

»Dann unterbrecht mich doch einfach nicht mehr.« Bob schlug erneut den Block mit seinen Notizen auf. Seit dem Vormittag hatte er eine beachtliche Menge an Informationen zusammengetragen. Da die jetzige Besitzerin der Spukvilla an der Universität Ruxton arbeitete, hatte Bob zunächst einen Bekannten angerufen, der ihnen schon oft geholfen hatte. Professor Henry Barrister war ein Experte für Geister, Flüche, Heimsuchungen und Aberglauben und er arbeitete ebenfalls in Ruxton.

»Die Villa gehörte über viele Jahrzehnte einem Mann namens Fenn Fogmire«, berichtete der dritte Detektiv. »Er nannte sich selbst ›Wundertechniker‹ und bastelte seltsame Maschinen, die schon zu seiner Zeit altmodisch aussahen. Sie sollten … Moment, ich zitiere …« Bob blickte auf seine Notizen. »Sie sollten ›durch die Kombination von Technik der Vergangenheit und Visionen aus der Zukunft die Physik des Jenseits in die Gegenwart bringen‹.«

Peter ächzte. »Da fliegen einem ja schon beim Zuhören die Gedanken aus der Kurve.«

Bob lachte. »Die meisten Geräte sind wohl eher technische Spielereien. Bei dem Fantasmofon handelt es sich allerdings um einen ganz besonderen Apparat. Er kann – wie Mrs Sandler schon erzählt hat – angeblich die Stimmen der Toten in Form von ›metaphysischer Geister-Energie‹ wahrnehmen und diese als Licht sichtbar machen. Anschließend wandelt er die Lichtsignale wieder in Töne um.«

»Total bescheuert«, platzte Peter heraus. »Und von so einem Kram konnte er leben?«

»Nein«, antwortete Bob. »Fenn Fogmire hatte früher eine kleine Firma namens *Fennfiction*. Hauptberuflich war er Fachmann für Film-Requisiten. Er baute für die Studios in Hollywood Roboter, Zeitreise-Maschinen, Geräte in Raumschiffen und so etwas. Vor seinem Ruhestand hat er dann fast nur noch für das Kinderfernsehen gearbeitet, obwohl er da weniger verdiente. Aber ihm war die Freude an der Arbeit wichtiger als das Geld. Schließlich verkaufte er die Firma und zog sich aus Hollywood zurück. Verstorben ist er jedoch erst vor einem Jahr.«

»In seinem Haus?«

»Nein, in einer Seniorenresidenz«, sagte Bob. »Aus der Villa musste er schon vorher ausziehen, weil er die vielen Treppen nicht mehr gehen konnte.«

»Ein Gerät, das Schwingungen in Lichtsignale und Lichtsignale in Schall umwandeln kann, passt zu dem, was Dr. Sandler in *Fogmire House* erlebt hat«, überlegte Justus. »Zumal die Stimmen etwas von Verbindung und Totenreich gesagt haben.«

»Und doch weigere ich mich, an ein Geistertelefon zu glauben.« Peter verschränkte demonstrativ die Arme. »Immerhin kann ich mir ungefähr vorstellen, was das Ding angeblich macht. Es ist so etwas wie eine Lichtorgel für Partys, nur eben magisch?«

»Ein ausgesprochen guter Vergleich, Kollege«, lobte Justus. »Bei einer Lichtorgel werden die Schallwellen von Musik in Lichtsignale umgewandelt und das hat nichts mit Zauberei zu tun, sondern mit dem großartigen Wunder der Physik. Auch bekannt als die Lehre der Kräfte.«

»Ein Fach, das genauso schlimm ist wie Mathe oder Chemie«, grummelte Peter.

»Schlimm ist vielmehr, dass man Chemie abwählen kann, während Sport ein Pflichtfach bleibt«, gab Justus empört zurück.

»Können wir die Schule einfach mal kurz vergessen?«, mischte sich Bob ein. »Wir haben gerade einen Fall übernommen.«

»Und der ist schon so gut wie gelöst«, triumphierte Peter. »Bestimmt steht das Fantasmofon noch in der Villa herum. Dr. Sandler hat es für ein gewöhnliches Telefon gehalten. Aber dann gab es Stromschwingungen ...«

»Stromschwankungen«, korrigierte Justus.

»... und so etwas«, fuhr Peter fort. »Dabei hat sich das Teil eingeschaltet. Licht an, Ton ab. Was Sax' Exfrau dann erlebt hat, war kein Spuk, sondern ganz viel Physik.«

»Ich muss zugeben, dass deine Vermutung erfrischend logisch ist, Zweiter«, sagte Justus.

»Danke«, erwiderte Peter überrascht und wartete auf ein *Aber*. Doch Justus wandte sich schon an Bob. »Befindet sich das Fantasmofon noch in der Villa?«

»Angeblich schon. Dazu komme ich aber gleich noch. Barrister hat immer wieder betont, dass Fogmire ein riesiges Geheimnis um das Gerät gemacht hat, so als wäre es nicht ganz von dieser Welt. Er verwahrte es an einem unbekannten Ort und führte es nur ausgewählten Personen vor. Immerhin gibt es eine Skizze davon.« Bob hielt seinen Kollegen ein bedrucktes Blatt hin. »Man muss sich den Apparat wohl als einen dunklen Holzkasten mit seltsamen Aufbauten vorstellen.«

Peter kniff die Augen zusammen. »Das sieht uralt aus.«

»Das täuscht. Das Blatt ist ein Ausdruck von einer Kopie, die bei Fogmires Testamentsvollstreckung überreicht wurde«, erklärte Bob.

»Die Kopie einer Kopie …« Justus hatte sich eine Lupe geschnappt und ging damit nah an den Ausdruck heran. »Schade, dass die mangelhafte Qualität keine genaueren Studien zulässt. Dieses Gerät würde mich aus technischer Sicht durchaus interessieren.«

Peter lachte. »Du willst eben immer genau wissen, wie etwas funktioniert.«

»Das liegt in meinem Naturell«, sagte Justus förmlich. »Immerhin erkenne ich hier Zylinder, Spulen, Glühbirnen, Röhren, Zahnräder, Glaskolben, eine Kurbel und einen Grammofontrichter. Vom Aussehen her sind es typische Bauteile, wie man sie vor über hundert Jahren benutzt hat. Onkel Titus freut sich immer, wenn er solche Dinge bei Haushaltsauflösungen, Trödelmärkten oder Versteigerungen erwerben kann.«

Bob lachte. »Und du als Tüftler baust deinem Onkel daraus dann mit Leichtigkeit zum Geburtstag ein Justafon. Ein hochkomplexes Gerät, das *Happy Birthday* spielt und dazu in allen Regenbogenfarben blinkt.«

»Und wenn deine Tante das Teil loswerden will, um Ordnung auf dem Schrottplatz zu schaffen, baust du es für mich um«, scherzte Peter. »Ich hätte gerne eine Maschine, die Schulzeit in Ferien umwandelt. Geht das?«

»Klar, gib mir fünf Minuten.« Justus grinste breit. Kurz sah es so aus, als würde er noch etwas hinzufügen, doch er schwieg einen Moment. Dann wurde sein Gesichtsausdruck wieder ernst. »Ich bin mit dem Packen noch nicht ganz fertig. Daher sollten wir jetzt zügig noch einmal auf die Skizze zurückkommen: Wie ist Professor Barrister an die Kopie gekommen? Hat er persönlich Kontakt zu dieser Erbin?«

»Die beiden sind tatsächlich gute Bekannte und singen im selben Uni-Chor«, bestätigte Bob. »Die Erbin heißt Professorin Sunyata Kapoor. Sie war Fogmires Großnichte mütterlicherseits. Barrister hat mir bereits den Kontakt zu ihr vermittelt. Er hat ihr von uns erzählt und berichtet, dass wir uns für Fenn Fogmire und seine Wundertechnik interessieren. Professorin Kapoor hatte zwar nicht viel Zeit, aber ich konnte zumindest kurz auch mit ihr sprechen. Daraufhin hat sie mir diese Skizze rübergeschickt.«

»Ist sie eine Expertin für Geister und Dämonen?«, fragte Peter. »So wie Professor Barrister?«

»Nicht die Spur«, entgegnete Bob. »Sie arbeitet im Fachbereich Geschichte der Technik und hält Barristers Forschungsgebiet für verrückt – obwohl sie ihn persönlich schätzt. Daher haben wir ihr vorsichtshalber auch nichts von dem Spuk in der Villa erzählt.«

»Eine gute Entscheidung«, fand Justus. »Aber jetzt sollten wir noch die restlichen Ergebnisse deiner Recherche hören.«

»Das finde ich auch«, sagte Bob mit Nachdruck. »Als Professorin Kapoor *Fogmire House* geerbt hat, bekam sie bei der Testamentsvollstreckung auch eine Botschaft ihres Großonkels überreicht. Die war wohl sehr rätselhaft, lief aber letztlich darauf hinaus, dass die Erbin das Fantasmofon suchen und auch benutzen sollte. Henry Barrister hat Mrs Kapoor seine Hilfe angeboten, aber sie hat nur gesagt, dass es keine Geistertelefone gibt, sie die Werke ihres Großonkels für Kinderkram hält und nicht mehr als ein bis zwei Tage in die Suche nach einem sinnlosen Gerät investieren will. Professor Barrister war danach etwas beleidigt, aber inzwischen haben sie sich auch schon wieder vertragen.«

»Was uns zu der Frage zurückbringt, ob das Gerät noch in *Fogmire House* ist«, sagte Justus.

»Professorin Kapoor geht davon aus«, berichtete Bob. »Es ist wohl so gut versteckt, dass sie es nicht finden konnte.«

»Interessant«, murmelte Justus. »Weißt du, was Fogmire in der Botschaft an seine Erbin genau geschrieben hat?«

»Zu der Frage bin ich leider nicht mehr gekommen«, gab Bob zu. »Professorin Kapoor organisiert zurzeit neben der Arbeit in der Uni eine Ausstellung und es klang, als würde ihr gerade alles zu viel werden. Für sie ist das Erbe wohl eher eine Last.«

»Wie undankbar«, fand Peter. »Sie kann doch froh sein, dass sie eine Villa bekommen hat.«

»So ein riesiger alter Kasten lässt sich heutzutage nicht so leicht verkaufen«, wandte Bob ein. »Es war ein Glück, dass die Stiftung das Gebäude mietet. Im Dezember wurde der Nutzungsvertrag unterschrieben und die Stiftung bekam alle Schlüssel. Jetzt müssen die sich um die Renovierung und die

Instandhaltung kümmern.« Bob klappte sein Notizbuch zu. »Das war es auch schon. Jetzt seid ihr dran.«

»Vielen Dank für die Informationen.« Justus blickte auf seine Uhr. »Wir haben einen Auftrag von Dr. Sandler. Unser erster Weg sollte uns in die Villa führen, um den Spuk aufzuklären. Natürlich muss ich zugeben, dass mich auch die konkreten Umstände des Erbes und die rätselhafte Botschaft interessieren, aber das ist für heute leider zweitrangig.«

»Du brennst darauf, das Fantasmofon zu finden«, vermutete Peter.

»Die Suche nach versteckten Gegenständen übt seit jeher einen Reiz auf mich aus«, gab Justus umständlich zu. »Besonders, wenn sie mit Geheimnissen verbunden ist. Eventuell sollten wir für morgen einen Ausflug nach Ruxton einplanen – falls wir das Geheimversteck mit dem Fantasmofon bis dahin nicht ohnehin gefunden haben.«

Blacky flatterte auf ein altes Radio, das in einer Ecke stand. *»Schau unter die Steine jenseits der Gebeine!«*

»Ja, wir schauen uns gründlich um, versprochen.« Peter strich Blacky sanft über die Federn. »Aber ich hoffe sehr, dass in der Villa keine Gebeine herumliegen.«

»Vorsicht!«, krakeelte der Mynah. *»Frisch gestrichen!«*

Fogmire House

Die drei ??? fuhren noch am selben Abend in Bobs altem Käfer in die Santa Monica Mountains. *Fogmire House* lag zwischen Rocky Beach – dem Wohnort der drei ??? – und Malibu an einer schmalen Straße, die sich durch die Berge schlängelte. In engen Kurven ging es durch eine bewaldete Schlucht. Zunächst gab es links und rechts noch farbenfrohe Wohnhäuser, dann wurden die Abstände zwischen den Grundstücken immer größer. Hinter einem einsamen gelben Holzhaus machte die Schlucht eine Kurve und die Straße ging unvermittelt in eine Schotterpiste über.

»Wir müssten gleich da sein.« Bob drosselte das Tempo. »Na bitte, da ist die Villa.«

»Hexenschloss passt besser«, fand Peter nach einem ersten Blick aus dem Fenster. Genau wie Sax Sandlers Feriendomizil war *Fogmire House* direkt an einen Hang gebaut. Damit endeten die Ähnlichkeiten jedoch auch schon. Die Villa war ziemlich eindrucksvoll – ein verschachteltes Bauwerk aus drei

Hausteilen, die wie bizarre Bausteine aufeinandergestapelt waren. Bereits von der Straße aus erkannte man schräge Fachwerkgiebel, verschnörkelte Zinnen und sogar eine kleine Kuppel. Beim Bau hatte man nicht an Extras gespart. Im Gegenteil: *Fogmire House* hatte von allem zu viel. Es gab gleich mehrere Schornsteine, Erker und Balkone.

»Man erkennt eine Anlehnung an britische Gebäude der Gotik«, erklärte Justus fachmännisch. »Gleichzeitig allerdings auch Elemente europäischer Baukunst aus dem Mittelalter und der Renaissance.«

»Für mich sieht es eher so aus, als hätte man verschiedene Teile von Märchenschlössern und Hexenhäusern an den Hang geklebt und irgendwie miteinander verbunden«, kommentierte Peter.

»Auf jeden Fall dürfte es in dem Kasten viele Treppen geben«, fügte Bob hinzu, während er hinter zwei anderen Wagen am Straßenrand parkte.

»Kommt, Kollegen!«, drängte Justus. »Dr. Sandler wartet schon auf uns.«

»Wer baut den Eingang denn nach ganz oben?«, wunderte sich Bob wenig später.

»Ein echter Schurke«, keuchte Justus, der neben dem Koffer mit der Ausrüstung und seiner Reisetasche einen weiteren Koffer dabeihatte. Was sich darin befand, hatte er seinen Freunden nicht verraten. Peter und Bob wussten aber, dass Justus den Inhalt zu gegebener Zeit präsentieren würde. Der Erste

Detektiv liebte es, seine Mitmenschen vor vollendete Tatsachen zu stellen. In diesem Fall hatte er daran schwer zu schleppen. Die Jungen mussten mit ihrem Gepäck die scheinbar endlosen Stufen erklimmen, die an der linken Seite des Gebäudes den Hang hinaufführten. Die letzte Treppe endete am Dachgeschoss des obersten Hausteils, wo sich die altmodische Eingangstür befand. Bei Tageslicht konnte man von hier oben bestimmt fantastisch auf das Tal blicken. Aber jetzt zog ein feiner Abendnebel auf. Justus ließ ächzend sein Gepäck auf den Boden fallen.

»Das ist wohl die Klingel.« Bob begutachtete einen Drachenkopf aus Metall. Er hatte Augen aus Glassteinen und eine lange Zunge, die ihm aus dem geöffneten Maul ragte. Vorsichtig zog der dritte Detektiv an der Zunge. Etwas knirschte, sonst passierte nichts.

»Kaputt«, sagte Peter enttäuscht.

Bob zog erneut. Dieses Mal ertönte ein Glockenspiel, das erst aufhörte, als die Tür geöffnet wurde.

»Da seid ihr ja«, sagte Dr. Sandler erfreut. »Kommt rein.«

Die Jungen traten in eine Diele, die sich direkt unter einer Dachschräge befand. Peter war etwas überrascht. Er hatte Spinnweben, Kronleuchter und alte Gemälde erwartet. Keine frisch gestrichenen Wände. Dafür schallten unheimliche Klänge durch das Haus: Klaviermusik. Sie schien aus mehreren Richtungen gleichzeitig zu kommen.

»Dieses oberste Geschoss ist recht klein und teilweise schon renoviert«, erklärte Dr. Sandler, als sie sich umblickten. »Hier befinden sich der Eingangsbereich und das ehemalige Arbeitszimmer von Fenn Fogmire. Der Rest ist … Nun, ihr werdet es ja selbst sehen. Mein Kollege ist stolz, dass er der Stiftung so eine große Immobilie für einen günstigen Mietpreis vermittelt hat, aber ich finde, dass wir mit einem netten Apartment in einem Neubau viel besser dran wären.«

»Für einige Menschen ist das hier bestimmt ein echtes Traumhaus«, sagte Bob. »Ein verwunschener Abenteuerspielplatz zum Wohnen.«

»Arbeitsbeschaffungsmaßnahme trifft es besser«, sagte Dr. Sandler so leise, als gäbe es unerwünschte Zuhörer. »Mein Kollege Archie lässt sich schnell begeistern. Mal geht es dann nur um ein sinnloses Zeitungs-Abo für die Stiftung, ein anderes Mal ist es ein heruntergekommenes Haus. Aber ich möchte nicht schlecht über ihn reden. Ihr könnt euch selbst überzeugen. Er wartet unten im Salon auf uns.«

»Ganz unten?«, fragte Justus entsetzt. »Wir sind doch gerade erst den Hang hochgestiegen.«

»Sieh es als kostenloses Konditionstraining«, scherzte Bob, als sie der Musikwissenschaftlerin folgten.

Justus grummelte leise. Er ließ den zweiten Koffer und die Reisetasche im Eingangsbereich stehen, den Koffer mit der Ausrüstung schleppte er mit sich.

Peter hatte nur einen Rucksack dabei. Ihn störten sportliche Betätigungen auch nicht sonderlich. Er fand allerdings, dass *Fogmire House* unsympathischer wurde, je tiefer sie die Treppen hinabstiegen. Die hellen Farben wurden durch dunkle Vertäfelungen und zerschlissene Stofftapeten abgelöst, die altmodischen Lampen leuchteten trübe vor sich hin und die reich verzierten Buntglasfenster ließen kaum Licht hindurch.

»Das hier ist schon der mittlere und zugleich größte Hausteil«, sagte Dr. Sandler, als sie die nächste Etage erreichten. »Hier befindet sich ein Schlafgemach samt Ankleidezimmer, kleinem Wohnzimmer und Bad. Dort habe ich gestern Nacht geschlafen. Außerdem gibt es hier oben auch noch eine Bibliothek. Die Geräusche schienen zunächst von dort zu kommen, aber da habe ich mich getäuscht. Die Akustik des Hauses kann einen in die Irre führen.«

»Das merke ich auch.« Peter lauschte irritiert. Die Musik schallte nun aus einem dunklen Flur, der links von ihnen abzweigte, gleichzeitig aber auch aus einem der unteren Stockwerke sowie von oben.

»Mein Kollege spielt im Salon auf dem Flügel«, erklärte Dr. Sandler.

»Also in dem untersten der drei Hausteile, der zur Terrasse und zu dem Garten hinausgeht«, vermutete der Erste Detektiv. »Demnach müssen wir noch zwei oder sogar drei Treppen hinabsteigen.«

»Du hast es schnell erfasst«, sagte Dr. Sandler anerkennend. An Peter und Bob gewandt erklärte sie: »Genau wie im mittleren Gebäudeteil gibt es auch ganz unten zwei Stockwerke. Sie sind über zwei Treppenhäuser und viele Flure miteinander verbunden. Wenn mein Kollege weg ist, mache ich eine Hausführung für euch.«

»Schön«, ächzte Justus und hievte den Koffer ein paar Stufen weiter hinab. Peter erbarmte sich und half ihm.

Als sie ganz unten ankamen, blieb Dr. Sandler kurz in einem düsteren Flur stehen. Sie senkte die Stimme erneut und machte einen Schritt auf die Jungen zu. »Was ihr noch wissen solltet … Archie weiß nichts von dem Spuk. Mir ist das Thema sehr unangenehm und ich möchte mich in der Stiftung nicht lächerlich machen. Leider hat er eure Karte entdeckt. Deswegen habe ich behauptet, ihr würdet für mich einen Ring suchen, den ich gestern verloren habe.«

»Eine gute und einfache Erklärung«, meinte Bob freundlich.

Dr. Sandler rang sich zu einem Lächeln durch. Dann öffnete sie die Flügeltür zu ihrer Linken. »Der Suchdienst ist da.«

»Sehr schön!«, antwortete eine helle Männerstimme.

Wie die Jungen beim Eintreten feststellen konnten, gehörte sie zu einem fülligen Herrn in einem grauen Anzug. Das dünne braune Haar war in Strähnen von hinten nach vorn über die Stirn gekämmt und seine schwarze Hornbrille saß schief. Es war schwer, das Alter des Mannes zu schätzen. Sein rundes Gesicht mit den roten Wangen wirkte jungenhaft, die Kleidung und die Frisur passten eher zu einem Rentner. Peter stufte ihn zwischen Mitte dreißig und Mitte fünfzig ein, genauer ging es nicht. Zufrieden lächelnd saß Dr. Sandlers Kollege an einem glänzenden Konzertflügel und griff in die Tasten.

»Mozart macht gute Laune!«, sagte der Mann statt einer Begrüßung.

Peter fand, dass man viel gute Laune brauchte, um es lange in so einem Haus auszuhalten. Wobei der riesige Salon mit dem offenen Kamin, den farbenfrohen Kacheln im mexikanischen Stil und den bodentiefen Sprossenfenstern längst nicht so unheimlich war wie der dunkle Flur.

Dr. Sandler erwiderte das Lächeln. Dann deutete sie auf die Jungen. »Darf ich vorstellen? Justus, Peter und Bob.«

»Die Kinderdetektive! Es ist mir eine Freude.« Der Herr nickte freundlich. »Gestatten, Archibald Belltone. Schön, dass ihr Sandra helfen wollt. Aber ist es nicht schon etwas spät für euch? Ihr müsst doch sicherlich bald ins Bett.«

Peter wartete darauf, dass Justus empört widersprach. Schließlich waren die drei ??? keine Grundschüler mehr. Doch der Erste Detektiv verneinte nur höflich.

»Mit eurer Hilfe wird dieses verschwundene Ding bestimmt schnell wieder auftauchen«, sagte Archibald Belltone.

»Ring«, korrigierte Dr. Sandler. »Es ist ein Ring.«

»Frauen brauchen einfach ihren Schmuck, nicht wahr?«, verkündete Mr Belltone und bemerkte nicht, dass Dr. Sandler bei diesem Spruch die Augenbrauen hob. Eifrig fuhr er fort: »Seid aber hübsch vorsichtig in der Nähe von Steckdosen. Die … also, die Elektrik … ist noch nicht so richtig repariert.« Er warf Dr. Sandler einen schuldbewussten Blick zu.

»War denn seit Dezember endlich mal ein Elektriker hier? Oder waren die alle nicht gut genug?«

»Na ja …«, begann Archibald Belltone. »Meine Großmutter pflegte schon zu sagen, dass man bei Handwerkern stets skeptisch sein muss und sie nie aus den Augen lassen darf. Sonst stellen sie einem lauter unnötige Tätigkeiten in Rechnung. Aber keine Sorge, der Sicherungskasten wurde erst letzte Woche überprüft.«

»Man sollte sie aber auch nicht belagern und die ganze Zeit panische Warnungen ausstoßen.«

»Ich war nicht panisch, nur etwas besorgt«, verteidigte sich Mr Belltone. »Außerdem war das bei dem Maler. Er wollte beim Arbeiten grässliche Unterhaltungsmusik aus dem Radio hören. Und er hat Flecken gemacht!«

»Er hat alles abgedeckt.« Dr. Sandler deutete auf eine Plastikfolie in der Ecke. Ein Großteil der Zimmerdecke war frisch gestrichen, der Maler hatte sein Werk jedoch nicht beendet. Auch sonst war noch viel zu tun. Ein paar von den bunten Kacheln rund um den Kamin waren gesprungen. Wieder andere sahen aus, als würden sie bald von der Wand fallen, und der Bezug der Couch musste dringend erneuert werden.

»Der kannte Mozart nicht«, erklärte Archibald Belltone, während sich die Jungen umsahen. »Kann man das glauben?«

»Und du wolltest ihm sämtliche Stücke vorspielen«, vermutete Dr. Sandler mit schlecht versteckter Verzweiflung. »Kein Wunder, dass sich der Mann ›den Fuß verstaucht‹ hat.«

»Als ob man mit den Füßen hört.« Mr Belltone schnaufte. Er griff nach einem Taschentuch und tupfte sich die Stirn ab. »Der Klavierstimmer hat seine Sache jedenfalls gut gemacht. Miss Zongora kann hier demnächst wunderbar komponieren. Sie hat in ihrer Bewerbung für das Stipendium geschrieben, dass das ihr Hauptanliegen ist. Spielt ihr denn auch Klavier?«, richtete Archibald Belltone das Wort an die drei Detektive.

»Ich kann den Flohwalzer«, sagte Peter, während seine Freunde den Kopf schüttelten.

Dr. Sandler warf einen Blick auf die altmodische Uhr auf dem Kaminsims. »Es ist ja schon acht! Archie, ich glaube, du solltest losfahren.«

»Mitnichten, die Uhr ist kaputt.« Mr Belltone sah auf seine eigene Armbanduhr. »Aber ich sollte trotzdem zeitig aufbrechen. Ich darf nicht zu spät zum Konzert kommen. Mrs Durbury legt großen Wert auf Pünktlichkeit! Wir haben übrigens noch eine Freikarte. Ich habe die besten Plätze reserviert und wir sind anschließend sogar auf ein Likörchen mit dem Dirigenten und dem Orchester verabredet.«

»Danke, das ist sehr freundlich von dir«, sagte Dr. Sandler matt. »Aber heute passt es nicht. Ich muss hier noch ziemlich viel erledigen.«

»Zu viel zu tun, ich verstehe. Aber nicht übertreiben mit dem Putzen!« Archie Belltone stand umständlich auf. Er lächelte die Jungen an. »Ich hoffe, der Schmuck ist schnell gefunden. Als Belohnung kann ich euch Karten für die Kinderoper besorgen. Dieses Jahr wird *Hänsel und Gretel* gespielt. Meine Schwägerin, also die Frau meines Bruders, singt die Knusperhexe. Ihr Mezzosopran ist legendär.«

»Vielen Dank. Aber ich glaube, das ist mir zu unheimlich«, redete sich Peter raus.

»Unheimlich?«, fragte Archie Belltone verdattert.

Spuren

Während sich Mr Belltone in Begleitung von Dr. Sandler die vielen Treppenstufen hochkämpfte, blieben die drei ??? im Salon, der zum Musikzimmer umfunktioniert werden sollte.

»Zu unheimlich?«, wiederholte Bob. »Eine Kinderoper?«

»Du interessierst dich für Musik«, sagte Peter. »Aber ich kann nicht zwei Stunden lang zusehen, wie Leute singend um ein Knusperhaus tanzen.« Er spähte durch die bodentiefen Fenster Richtung Straße. Vor dem Salon lagen eine Terrasse und eine kleine Rasenfläche. Die fortgeschrittene Dämmerung hüllte das Tal dahinter in tiefe Schatten.

»Dr. Sandler scheint zu glauben, dass ihr Kollege sämtliche Handwerker vertrieben hat«, überlegte Bob. »Aber vielleicht sind die auch vor dem Spuk geflohen.«

»Unwahrscheinlich, da sonst auch Mr Belltone den Spuk erlebt hätte – so streng, wie er die Arbeit überwacht hat.« Justus klappte den Koffer auf, den er die Treppen hinabgeschleppt hatte. »Wir starten mit einer systematischen Suche. Die aktuelle Frage dabei lautet: *Woher* kamen das Licht und die Geräusche? Im Anschluss klären wir, *welche Methode* dafür genutzt wurde, *wer* dafür verantwortlich ist und *welches Motiv* der Sache zugrunde liegt.«

»Was hast du denn alles eingesteckt?« Peter betrachtete den Inhalt des Koffers. »Willst du hier als Elektriker anfangen?«

»Wie ich schon sagte, interessiert mich die technische Komponente dieses Falls«, erklärte Justus. »Dazu gehört auch ein Blick auf den Sicherungskasten, die Anschlüsse und die Leitungen. Abgesehen davon habe ich mir bei einem Mitschüler aus dem Computerclub ein paar Spezialwerkzeuge ausgeliehen. Darunter auch ein Messgerät für Schall.«

»Das wird uns aber gerade nichts nützen«, sagte Peter. »Schließlich hören wir jetzt nichts.«

»Du glaubst, nichts zu hören«, widersprach Justus. »Tatsächlich verarbeitet dein Gehör ununterbrochen irgendwelche Reize von außen. Ganz abgesehen davon gibt es ja auch die Schwingungen, die jenseits des Bereichs liegen, den wir bewusst wahrnehmen können. Das gilt für Licht genauso wie für Schall.«

»Hundepfeifen, Windräder oder ultraviolettes Licht. So viel weiß ich auch«, sagte Peter.

»Ich starte im Haus«, entschied Justus, während er sich einen Werkzeuggürtel umschnallte. »Ihr übernehmt den Außenbereich. Achtet auf alles, was Geräusche oder Spannungsschwankungen verursachen könnte. Zum Beispiel eine defekte Wärmepumpe. Solltet ihr etwas finden, werde ich es mit meiner Ausrüstung genauer untersuchen.«

Peter warf einen Blick aus dem Fenster. »Es ist fast dunkel.«

»Und doch gibt es Wege, die Dunkelheit zu verdrängen«, verkündete Justus. »Wer dabei nicht auf Fackeln zurückgreifen will, sollte eine Erfindung namens Taschenlampe nutzen.«

»Sehr komisch«, sagte Peter.

Aber Bob musste lachen. »Wir sind dann mal draußen.«

Die beiden verließen die Villa direkt durch die Terrassentür des Salons. Zuerst untersuchten sie erfolglos die Rollläden an den großen Fenstern. Anschließend gingen sie über die kleine Rasenfläche, die von der Terrasse bis zu der halbhohen Feldsteinmauer mit dem Tor zur Straße führte. Auch hier wurden die Jungen nicht fündig. Gemeinsam entschieden sie, links vom Haus weiterzumachen. Hier gab es keinen Garten, sondern nur die Treppen, die zum Eingang im Dachgeschoss führten. Jenseits der Stufen erstreckte sich dichtes Gestrüpp, das sich auch oberhalb des Grundstücks ausbreitete. Hinter den Büschen ragte der Hang noch ein paar Meter steil und unwegsam empor. Was darüber kam, war nicht zu erkennen.

»Hier geht es nicht weiter«, stellte Bob enttäuscht fest. »Wir müssen wieder zurück.«

Wohl oder übel stiegen sie den Hang wieder hinab, überquerten die Terrasse und nahmen sich die rechte Hausseite vor. Inzwischen war die Dämmerung so weit fortgeschritten, dass sie ohne Taschenlampen nicht mehr viel sehen konnten.

Peter leuchtete ein schmales und ausgesprochen steiles Rasenstück hinauf. »Keine Stufen, nur Gras. Und an der Seite Bäume. Ich steige mal vorsichtig ein Stück weiter hoch.«

»Tu das.« Langsam ließ Bob seinen Lichtkegel über die Fassaden gleiten. Es gab viele große und kleine Fenster. Fast alle waren vergittert und sahen so aus, als ob man sie von innen vermutlich auch nicht öffnen konnte. Elektrische Geräte waren nirgendwo zu sehen. Es gab nicht mal eine Außenbeleuchtung.

»He, ich habe hier abgebrochene Äste in einer Hecke gefunden«, erklang die vertraute Stimme von Peter. Er befand sich bereits ein ganzes Stück weiter oben am Hang.

»Warte!« Bob stapfte vorsichtig über den nassen Rasen hinauf zu seinem Freund.

»Da ist jemand durch die Zweige gestiegen und hat das Loch mit einem Ast verdeckt«, sagte Peter. »Die Bruchstellen sind allerdings nicht mehr frisch, die Blätter am Boden sind welk und das Gras hat sich wieder aufgestellt. Es sind keine Fußspuren im Erdreich zu sehen.«

»Gestern ist das also nicht passiert?«, überlegte Bob.

»Nein.« Peter drehte sich zu seinem Freund um. Er hatte ein Blatt im Haar. »Es hat doch zwischendurch geregnet. Das Erdreich ist noch feucht. Da hätte man frische Spuren entdeckt. Diese Spuren hier sind ein paar Tage alt, vielleicht sogar eine Woche.«

»Sicher?«, fragte Bob. »Der Spuk war ja erst gestern.«

»Im Spurenlesen bin ich gut«, sagte Peter. »Du kannst mir also glauben.«

»Es könnte ein ganz normaler Einbrecher gewesen sein, der schnell an Wertsachen kommen wollte«, überlegte Bob. »Hier gibt es weder Kameras noch eine sichtbare Alarmanlage. Die

Nachbarn wohnen außer Sichtweite und das Gebäude war bislang verlassen.«

Peter stöhnte. »Dann müssen wir alle Fenster überprüfen.«

»Meinst du? Laut Justus sollten wir uns nach Geräten umsehen«, sagte Bob unschlüssig.

»Du weißt doch: Alles kann wichtig sein.« Peter hatte sich schon in Bewegung gesetzt.

Bob folgte ihm etwas langsamer. Er wollte ungern ausrutschen und den Hang hinabrollen. Darum richtete er beim Gehen die Lampe auf den Boden. Nach ein paar Metern blitzte plötzlich etwas im Gras auf. Das Licht wurde reflektiert!

»Was machst du denn da? Komm schon«, drängte Peter.

Bob blieb neben einem windschiefen Rankgitter am Fuße des mittleren Gebäudeteils stehen. Er zog sich ein Paar Gummihandschuhe an, um keine Spuren zu verwischen. Dann hob er den Gegenstand auf, der inmitten von vertrockneten Blättern lag. »Eine Scheibe aus Buntglas.«

»Wie passend.« Peter hatte den Strahl seiner Taschenlampe am Gitter emporgleiten lassen und schließlich auf einen Erker über ihnen gerichtet. Darin, direkt unter dem Vordach, befand sich ein Fenster aus bunten Glasrauten. Eine davon fehlte.

Brüllblumen

Dr. Sandler führte Justus zum Sicherungskasten. Er befand sich in einem begehbaren Schrank im Erdgeschoss.

»Du hast dich gut vorbereitet«, staunte sie, als sie den Werkzeuggürtel erblickte. »Darf ich fragen, was das alles ist?«

»Ein Spannungsprüfer, ein Durchgangsprüfer, ein Multimeter und ein Schraubenschlüssel«, erklärte Justus.

»Schraubenschlüssel kenne ich«, sagte sie.

Der Erste Detektiv war sich nicht sicher, ob sie einen Scherz machte. Daher lachte er kurz.

»Das ist alles ziemlich alt hier.« Dr. Sandler schob einen Besen beiseite und klappte die vergilbte Plastiktür in der Wand auf. Justus blickte auf brüchige Kabel, Steck- und Patronensicherungen. Der Elektriker hatte gründlich die Spinnweben entfernt und zwei vermutlich defekte Sicherungen ausgetauscht. Etwas Ungewöhnliches konnte der Erste Detektiv nicht entdecken. Allerdings war die Technik so alt, dass sie modernen Sicherheitsstandards nicht mehr entsprach.

»Ich habe kein gutes Gefühl dabei, dich an die Elektrik zu lassen«, sagte Dr. Sandler, als Justus seine Hand ausstreckte, um zu prüfen, ob die Sicherungen richtig eingeschraubt waren. »Ich bin keine Expertin, aber ich weiß, dass Strom gefährlich ist.«

»Ich gebe Ihnen recht«, räumte Justus ein. »Allerdings habe ich in der Schule entsprechende Zusatzkurse besucht und sehr viel zu dem Thema gelesen.«

»Das beruhigt mich jetzt nicht wirklich.«

Justus musste an Mr Belltone denken, der die Handwerker nicht aus den Augen gelassen hatte. Jetzt verhielt sich Dr. Sandler ganz ähnlich. »Ich werde hier keine Änderungen vornehmen, nur die Systeme überprüfen«, erklärte er so gelassen wie möglich. »Wenn es Ihnen hilft, erkläre ich Ihnen dabei genau, was ich tue.«

Dr. Sandler zögerte kurz, aber dann gab sie nach.

»Als Nächstes würde ich gerne Messungen im Rest des Hauses vornehmen«, erklärte er, als er am Sicherungskasten fertig war. »Besonders dort, wo die Spukphänomene in der Nacht am intensivsten waren.«

Sie begannen im Salon und stiegen anschließend eine Treppe hinauf ins Speisezimmer, das sich im mittleren Gebäudeteil gleich neben der Küche befand. Abgesehen von einem riesigen Tisch mit zehn Stühlen und einem großen, leeren Schrank gab es hier keine Möbel. Dafür waren die Wände über und über mit verblassten Palmwedeln und Blättern bedruckt.

Die Beleuchtung in diesem Dschungel ließ zu wünschen übrig. Schaltete man nur wenige Lampen ein, reichte das Licht kaum aus. Sorgte man für Festbeleuchtung, begannen die Lampen zu flackern.

»Interessant.« Justus betätigte mehrmals hintereinander die Schalter neben der Tür. »Hier erkennt man die Probleme der veralteten Elektrik. Ein paar Stunden Arbeit reichen da für eine Reparatur vermutlich nicht aus.« Justus schaltete das Licht noch einmal ein. Die Birnen reagierten mit einem unsteten Leuchten. »Haben sich die Lampen gestern Nacht ebenfalls so verhalten?«

»So ähnlich«, sagte Dr. Sandler. »Allerdings viel intensiver.«

Aus dem Obergeschoss erklang ein Poltern. Dr. Sandler zuckte zusammen. Justus lauschte angespannt. Jemand hatte die Haustür zugeschlagen. Dann erklangen eilige Schritte auf den Treppen, begleitet von Stimmen, die der Erste Detektiv nur allzu gut kannte.

»Justus!«, rief Peter, während er hörbar näher kam. »Wir haben etwas entdeckt!«

»Einen Erker mit Buntglasfenstern gibt es in der Bibliothek«, sagte Dr. Sandler, nachdem Peter und Bob ihr und Justus die Scheibe gezeigt hatten.

»Wir sollten uns dort umsehen und Peters Einbruchstheorie überprüfen«, entschied Justus. »Zumal es ja offenbar zudem den Anschein hatte, dass die Klangphänomene dort begonnen haben.«

Dr. Sandler führte sie hinauf zu einem dunkelgrünen Flur mit rötlich schimmernden Lampen. »Da geht es über ein weiteres Treppenhaus runter zu den Gästezimmern«, erklärte sie, als sie an einem düsteren Abzweig vorbeikamen. »Aber wir müssen jetzt da rein.« Sie hielt vor einer Tür mit goldenen Beschlägen an, drückte die Klinke hinunter und trat ein.

Peter, der direkt hinter ihr stand, bemerkte einen kühlen Hauch, der ihm entgegenwehte.

Die Auftraggeberin der drei ??? schaltete das Licht ein. Eine Reihe kelchförmiger Lampen beleuchtete dunkelblaue Wände, an denen schwarze Regale voller Bücher standen. Darüber liefen die Wände unter dem Dach zu einer Kuppel zusammen und waren mit tausenden von winzigen Sternen bemalt. Im Raum gab es drei bunte Fenster, die sich alle im Erker befanden und bis zum Boden reichten. Tatsächlich fehlte in einem der Fenstermuster eine rote Scheibe.

»Als ich mich gestern am Nachmittag umgesehen habe, war das definitiv noch heil«, sagte Dr. Sandler. »Meint ihr, jemand ist in der Nacht in die Bibliothek eingebrochen und hat den Spuk veranstaltet?«

»Das wäre wohl eine gute Erklärung«, sagte Peter. »Die Spuren im Garten sprechen allerdings dagegen. Der Einbruch muss schon einige Tage her sein.«

Justus durchschritt den Raum, schaltete ein kleines Gerät an seinem Gürtel ein und inspizierte den Schaden. »Die rote Scheibe wurde vermutlich mit einem Saugnapf aus der Bleiverstrebung herausgelöst. Durch das Loch gelangt man an den Fenstergriff – vorausgesetzt, man hat eine schmale Hand und einen schmalen Unterarm.«

»Der Einbrecher kann sowieso kein schwergewichtiger Riese gewesen sein«, überlegte Bob. »Sonst wäre er nicht über das Rankgitter bis zum Fenster gekommen. Das Ding ist ziemlich morsch.«

»Hm.« Justus war weiter mit der Scheibe beschäftigt. »Ich schätze, das Glas wurde nach dem Einbruch wieder eingesetzt. Es befinden sich Reste von Klebstoff am Rahmen. Er ist noch recht frisch, aber schon getrocknet. Der Kleber hat zunächst gehalten, weswegen Ihnen gestern beim ersten Rundgang durchs Haus auch nichts aufgefallen ist. Doch dann ist etwas passiert …«

»Das tiefe Brummen in der Nacht!«, rief Bob. »War es nicht so stark, dass die Fensterscheiben vibriert haben?«

»Ja, richtig«, bestätigte Dr. Sandler. »Aber das war unten, im Salon.«

»Sie haben von Klängen gesprochen, die aus verschiedenen Zimmern kamen. Auch aus der Bibliothek.« Justus sah nachdenklich drein. »Wir überprüfen das gleich noch. Fest steht: Die rote Scheibe ist aus dem Rahmen gefallen und im Garten gelandet, wo Peter und Bob sie gefunden haben.« Der Erste Detektiv öffnete das Fenster. Er spähte an der Hauswand hinab in die Tiefe. »Wir müssen wohl von einer mutigen und noch dazu sportlichen Person ausgehen.«

»Einer mutigen, sportlichen und schlanken Person«, fasste Peter zusammen.

»Alle Fenster, die man vom Boden aus erreichen kann, sind vergittert«, erklärte Bob. »Die Türen sind ebenfalls gut gesichert und im Salon gibt es Rollläden. Wahrscheinlich war die Klettertour der einzige Weg ins Haus.«

»Immerhin wissen wir jetzt, dass Archibald Belltone als Täter ausfällt. Er ist zu groß. Sehr beweglich schien er auch nicht zu sein«, meinte Peter. »Jetzt müssten wir überprüfen, wie fit die Handwerker sind.«

»Ich kann dir nicht ganz folgen«, gestand Dr. Sandler verwundert. »Ihr habt doch nicht wirklich Archie verdächtigt?«

»Peter denkt nur an alle Leute, die in letzter Zeit hier waren«, erklärte Bob. »Aber Ihr Kollege hat ja eh einen Schlüssel zum Haus. Für Mr Belltone gibt es keinen Grund, die Fassade zu erklimmen und –«

»Vielleicht waren es einfach nur Diebe auf Beutezug.« Dr. Sandler runzelte die Stirn. »Sie kamen an, haben nach Wertsachen gesucht und sind wieder verschwunden.«

»Das ist auch meine Vermutung«, sagte Bob.

»Natürlich können wir ein unabhängiges Einbruchsdelikt zu diesem Zeitpunkt nicht ausschließen«, sagte Justus. »Wir sollten trotzdem überlegen, ob es jemand speziell auf die Villa, Fogmires Erfindungen, die Stiftung oder auf Dr. Sandler abgesehen haben könnte.«

Die Musikwissenschaftlerin stutzte. »Auf mich?«

»Es könnte bei dem Spuk darum gehen, sich an Ihnen zu rächen, Sie zu erschrecken oder zu vertreiben und –«

Weiter kam Justus nicht. Der Klang einer Geige ließ alle herumfahren.

»Wo kommt das her?«, fragte Bob heiser.

»Das ist mein Handy«, sagte Dr. Sandler erstaunt. »Aber … es liegt unten im Salon.«

»Die Akustik in diesem Haus ist bemerkenswert«, sagte Justus, nachdem Dr. Sandler auf dem Weg zu ihrem Handy die Bibliothek verlassen hatte. »Es war, als käme die Musik direkt aus diesem Raum. Noch dazu aus unterschiedlichen Richtungen.«

»Genau wie im Treppenhaus«, sagte Peter.

»Sax? Bist du das? Ich kann nichts verstehen!«, erklang plötzlich die Stimme von Dr. Sandler. »Der Empfang ist so schlecht.«

Justus steuerte eine Lampe an, die aus der Wand ragte. Er lauschte in den Kelch aus Milchglas hinein, untersuchte ihn von allen Seiten und nickte knapp. Dann ging er zur nächsten Lampe, wo er wiederum nickte.

»Hallo?«, hallte erneut Mrs Sandlers Stimme zu ihnen nach oben. »Der Empfang ist schlecht! Ich verstehe nichts!«

»Wir sollten leise reden, um das Telefonat nicht zu stören«, sagte der Erste Detektiv, während Dr. Sandler mehrmals laut wiederholte, dass sie nichts verstand. Er rückte nachdenklich seinen Gürtel zurecht. »Die Lampen scheinen nicht nur mit dem Stromnetz verbunden zu sein, sondern auch mit unterschiedlichen Rohrleitungen. So kann der Schall aus dem Salon hierhergeleitet werden. Umgekehrt wird man uns dafür auch im Salon hören.«

»Wie die Brüllblumen auf dem Spielplatz«, raunte Peter.

»Was sind Brüllblumen?«, wollte Justus wissen.

»Die Dinger aus Metall, in die man hineinschreit.« Der Zweite Detektiv sah seinen Freund fassungslos an. »Kennst du die nicht? Die Blumen sind mit einem Rohr verbunden und man kann seinen Freunden am anderen Ende des Spielplatzes etwas zurufen.«

»Jetzt ist es wieder etwas besser!«, brüllte Dr. Sandler unten im Salon. »Aber ich gehe trotzdem mal raus in den Garten.« Eine Tür klappte. Dann hörte man nichts mehr.

»Ich bevorzuge Kommunikationsformen, bei denen ich nicht brüllen muss«, flüsterte Justus. »Aber das Prinzip dürfte ähnlich sein. Je nach Material, Länge und Breite des Rohres kommt der Ton unterschiedlich an. Das kann interessante Effekte ergeben. Abgesehen davon könnte man die Rohre nutzen, um einen Spuk zu verursachen – zum Beispiel mit einem Lautsprecher.«

»Dann schauen wir uns doch mal um«, sagte Peter in normaler Lautstärke. Schließlich telefonierte Dr. Sandler nun draußen.

Justus legte trotzdem einen Finger an die Lippen und deutete zu den milchigen Kelchen der Lampen.

Bob nickte. Er verspürte ein seltsames Kribbeln in der Magengrube. Vielleicht führten die Rohre nicht nur in den Salon, sondern auch in andere Räume des verwinkelten Hauses. Der Einbrecher mochte längst wieder verschwunden sein, aber das bedeutete nicht, dass ihnen gerade niemand zuhörte. Ein Windhauch erfasste Bobs Nacken. Er drehte sich um. War das Licht gerade etwas trüber geworden?

»Alles okay?«, flüsterte Peter ihm zu.

Bob wollte nicken, aber sein Gefühl sagte ihm, dass sie nicht allein waren.

Telefon!

»Stellt euch vor: Sax wollte herkommen!«, schimpfte Dr. Sandler. »Der ist neugierig auf das Haus. Aber ich habe schon genug Probleme. Soll er sich doch um seine Bands kümmern.«

»Am Ende stellt sich noch heraus, dass der Spuk ein harmloser Scherz von ihm ist«, überlegte Peter.

Dr. Sandler winkte ab. »So viel Mühe würde der sich garantiert nicht machen. Wozu auch?«

»Sax bricht auch nicht in Häuser ein«, verteidigte Bob seinen Chef. »Er ist kein Krimineller, dafür lege ich meine Hand ins Feuer.«

»War nur eine spontane Idee«, meinte Peter. »Und was ist mit Mr Belltone? Nicht als Täter, sondern als Opfer.«

»Archie hätte so ein Spuk in der Nacht definitiv zugesetzt«, bestätigte Dr. Sandler. »Er ist sehr sensibel und etwas abergläubisch. Wenn ein Freitag auf den 13. Tag des Monats fällt, meldet er sich krank – natürlich unter einem Vorwand.«

»Das spricht für ihn als Zielperson.« Justus nickte.

Aber Dr. Sandler sah nicht ganz überzeugt aus. »Er war doch nur tagsüber hier. Abgesehen davon hat er nichts Unheimliches erwähnt.«

»Wenn ihm sein Aberglauben peinlich ist, hat Mr Belltone es vielleicht absichtlich nicht angesprochen«, gab Bob zu bedenken. »Sie selbst wollten den Spuk ja auch lieber diskret behandeln.«

»Ja, schon.« Die Auftraggeberin der Jungen dachte kurz nach. »Aber ich glaube nicht, dass Archie nach so einem Erlebnis je wieder allein ins Haus gekommen wäre.«

»Heute waren Sie da. Trotzdem wirkte er gestresst.«

»Das ist mir auch aufgefallen«, sagte Justus.

»Er ist immer etwas durch den Wind«, erwiderte Dr. Sandler. »Den Kopf in den Wolken, die Hände am Klavier, aber das Herz am rechten Fleck.«

Nach der Besprechung entschied Justus, die Suche nach der Quelle des Spuks fortzuführen. Sie starteten ganz oben und arbeiteten sich langsam von Stockwerk zu Stockwerk. Obwohl sie sich aufteilten, dauerte es eine gefühlte Ewigkeit. *Fogmire House* war groß, verwinkelt und – mit Ausnahme des fast leeren Arbeitszimmers im obersten Dachgeschoss – vollgestellt mit Möbeln, Büchern, Lampen und all dem Kram, den Justus' Tante auf dem Schrottplatz als »Anguck-Trödel« bezeichnete. Darunter fielen Dinge wie Vasen, Kerzenständer und viele Uhren, die allesamt nicht mehr gingen. »Gemacht zum Vollstauben«, pflegte Mathilda Jonas zu sagen.

Doch in diesem Fall war der Staub hilfreich. Während fast alle Regale, Tischchen, Vasen und Skulpturen komplett eingestaubt oder von Spinnweben überzogen waren, zeigten andere Oberflächen die Spuren von Fingern. Nach und nach entstand der Eindruck, dass jemand das Haus gezielt abgesucht hatte.

Als sie sich im Salon trafen, um den Zwischenstand der Ermittlungen zu besprechen, kam Justus sogleich auf diesen Punkt zu sprechen. »Die dünneren Staubschichten auf einigen Möbeln implizieren, dass vor mehreren Monaten jemand im Haus war – vermutlich Professorin Kapoor. Die neusten Spuren legen nahe, dass kürzlich jemand hinter alle größeren Bilder und Spiegel geschaut hat. Deutlich vorsichtiger wurden auch Lampen, Uhren und alte Geräte wie das Radio in der Küche untersucht.«

»Ich habe zwar schon etwas aufgeräumt, aber diese Gegenstände habe ich nicht angefasst«, erklärte Dr. Sandler.

»Es kommen ja auch noch Mr Belltone und die Handwerker infrage«, gab Peter zu bedenken.

»Teilweise schon«, bestätigte Justus. »Aber die Spuren an den Bildern und Spiegeln deuten eher darauf hin, dass jemand auf der Suche nach einem Safe war. Zum Beispiel ein Einbrecher.« Der Erste Detektiv blieb neben der altmodischen Uhr auf dem Kaminsims im Salon stehen. Sie war von einer Glasglocke umgeben, die großflächig staubfrei war. »Ich frage mich, was die anderen Dinge gemeinsam haben.«

»Lampen brauchen Strom«, überlegte Bob. »Radios auch, aber die Uhren nicht. Es sind welche zum Aufziehen.«

»Lampen machen Licht«, überlegte Peter. »Aus einem Radio kommen Töne. Da hätten wir wieder Licht und Ton. Wie bei dem Fantasmofon.«

»Da passen die Uhren aber schon wieder nicht«, warf Bob erschöpft ein.

»Versehen wir diese Entdeckung also zunächst mit einem Fragezeichen«, entschied Justus. »Wir sind hier noch nicht ganz fertig. Der Kamin muss noch untersucht werden.«

»Das habe ich schon gemacht«, sagte Bob. »Da ist nichts. Jetzt fehlt eigentlich nur noch der Flur hier im Erdgeschoss.«

»Und das Badezimmer im ersten Stock über uns – bei den Gästezimmern«, fügte Peter hinzu. »Damit wollte ich gerade beginnen, als Just uns zusammengetrommelt hat.«

»Ich übernehme das«, entschied Justus. »Ihr untersucht den Flur. Danach entscheiden wir, ob wir schlafen gehen oder weitermachen.«

»Ich lüfte dann schon mal eines der Gästezimmer für euch«, bot Dr. Sandler an.

Der Flur vor dem Salon war verwinkelt und vollgestellt. Bob durchsuchte den Garderobenschrank und wollte sich anschließend einer Kommode zuwenden, als Peter einen überraschten Laut von sich gab.

»Was ist?«, fragte Bob.

»Endlich mal ein Fortschritt«, freute sich der Zweite Detektiv. »Der ausgefranste alte Teppich lässt sich anheben. Und rate mal, was darunter ist?«

»Eine Luke!«, entfuhr es Bob.

»Ich sage nur: Geheimversteck!« Peter klappte das Viereck im Boden auf. Die Jungen blickten nun auf eine steile Holztreppe, die geradewegs unter den Salon führte. »Volltreffer!« Peter blickte die Stufen hinab in muffige Dunkelheit.

»Meinst du, der Spuk wurde von dort aus gesteuert?«, fragte Bob leise.

Peter lächelte nervös. »Wer weiß, vielleicht finden wir eine ultrageheime Schaltzentrale. Oder das Fantasmofon. Oder eine geheime Schaltzentrale *und* das Fantasmofon.«

»Wir müssen wohl nachsehen.« Bob drehte einen alten Schalter um, der neben der Treppe an der Wand angebracht war. Eine nackte Glühbirne flackerte auf. Vorsichtig trat er auf die erste Stufe. Sie knarrte leise, hielt seinem Gewicht jedoch stand.

»Ich habe ein mieses Gefühl«, gab Peter zu. Trotzdem folgte er seinem Freund mit erhobener Taschenlampe.

»Oh«, machte Bob, als er unten angekommen war.

»Was?«, fragte Peter angespannt.

»Schau es dir selbst an.« Bob gab den Weg frei.

Peter spähte nun ebenfalls in den Raum. Sein Blick fiel auf elektrische Geräte, die an einer Wand standen. Allerdings befand sich dort kein Telefon, mit dem man im Jenseits anrufen konnte. Es handelte sich lediglich um eine vorsintflutliche Waschmaschine, einen ebenso alten Trockner und einen Heizkessel. Daneben standen alte Farbeimer, ein Werkzeugkasten aus dem letzten Jahrhundert und ein Regal mit Marmeladen.

Peter schaute sich die Beschriftungen auf den Gläsern an. »Die sind älter als ich. Meinst du, es gibt Sammler für antike Lebensmittel?«

»Bestimmt«, sagte Bob belustigt.

»Das ist ein ganz normaler Keller«, stellte Peter fest. Er wusste nicht, ob er enttäuscht oder erleichtert sein sollte.

»Hier an der Wand ist auch eine von diesen Lampen.« Bob spähte in den Glastrichter. »Na bitte, der Staub ist verwischt. Außerdem gibt es auch so ein Rohr. Darin hätte jemand einen kleinen Lautsprecher verstecken können.«

»Guter Gedanke. Aber … nein, der Einbrecher war doch nicht gestern da, sondern vor ein paar Tagen«, erinnerte sich Peter. »Denk an die Spuren im Garten.«

»Manche Geräte kann man auch aus der Entfernung steuern, zum Beispiel über Funk oder über das Handy.«

»Ja, schon«, räumte Peter ein. »Aber dann wäre der Lautsprecher doch noch hier, oder?«

»Vielleicht kennt der Einbrecher inzwischen einen anderen Weg ins Haus und hat das Ding nach dem Spuk wieder abgeholt. Oder es gibt eine weitere Person, die …«

»Das sind mir grade zu viele Gedanken pro Sekunde!« Peter gähnte. Er sah mit müden Augen auf seine Armbanduhr und wurde schlagartig wieder wach. »Nur noch eine Minute bis Mitternacht. Geisterstunde.«

»Wir gehen am besten hoch und fragen Just, ob wir Schluss machen für heute.«

»Meinst du –«

Ein Schrillen ertönte. Es kam von oben.

Peter zuckte zusammen. »Was ist das nun wieder?«

Auch Bob wirkte beunruhigt. »Die Frage ist eher, *wer* könnte das sein?«

Justus war gerade wieder im Erdgeschoss angekommen, als es direkt hinter ihm schrillte. Er fuhr herum. Seine Nackenhaare stellten sich auf. Das Geräusch erklang erneut. Es kam von einem grünlichen Marmorblock mit Wählscheibe und Hörer, der auf der Kommode neben dem großen Garderobenschrank stand. Der Erste Detektiv atmete auf. Es handelte sich um ein altes Telefon, das ganz offensichtlich noch funktionierte. Mit zwei großen Schritten war Justus bei dem grünen Ungetüm und nahm den Hörer ab. »Hallo?«

Es knackte in der Leitung. Dann hörte Justus eine leise Stimme, unterlegt mit einem monotonen Rauschen und Knistern. »Ich habe eine Nachricht für den Gerechten, den Ersten von dreien.«

Justus stutzte. Damit war er gemeint! Sein Vorname kam aus dem Lateinischen und bedeutete übersetzt *der Gerechte*. Abgesehen davon war er der Erste von drei Detektiven. Von wem sollte also sonst die Rede sein?

»Am Apparat«, sagte Justus daher förmlich. »Mit wem spreche ich bitte?«

»Ich bin Niemand.« Die Stimme klang uralt. Für einen Mann war sie etwas zu hoch, für eine Frau sehr tief. Inzwischen war das Rauschen unangenehm laut geworden. Es kitzelte im Ohr.

Justus räusperte sich. »Wollen Sie mir weismachen, dass ich mit einem Geist spreche?«

»Ich bin kein Geist. Ich bin Niemand.«

»Das sagten Sie bereits.«

Schritte erklangen. Justus zuckte erneut zusammen. Dieses Mal waren es jedoch nur Peter und Bob, die aus einer Luke im Boden stiegen. Erst jetzt bemerkte Justus die Öffnung. Normalerweise entging ihm nichts. Schon gar nicht so eine große Sache. War er so tief in Gedanken versunken gewesen? Peinlich berührt nickte er seinen Freunden zu. Gleichzeitig hielt er einen Finger an die Lippen und deutete dann auf den Hörer.

Seine Freunde blieben gespannt stehen, während Justus angestrengt in das Rauschen und Knistern hineinlauschte. Nun setzte auch noch ein unangenehmes Surren ein.

»Die Verbindung muss unterbrochen werden«, zischte die Stimme.

Justus unterdrückte den Impuls, den Hörer von seinem Ohr wegzuhalten. Es war, als würde man mit einem wütenden Schwarm Bienen telefonieren.

»Was meinen Sie mit Verbindung? Dieses Telefonat?«, hakte Justus nach. »Oder soll das eine Warnung werden?«

»Wir alle sind in Gefahr«, ächzte die Stimme.

Justus hatte schon mit einer derartigen Antwort gerechnet. Beinahe wäre ihm ein beiläufiges »Aha« rausgerutscht, aber es war besser, sich zurückzuhalten.

»Feinstoffliche Materie wurde in Licht und Klang umgewandelt«, drang es aus dem Hörer.

Das sollte dann wohl eine Anspielung auf das Fantasmofon sein. Trotzdem fragte Justus: »Wovon sprechen Sie?«

»Ich spreche von Dingen, die nicht sein dürfen«, fuhr die Stimme fort. Sie glich inzwischen eher einem Röcheln. »Die Verbindung zur feinstofflichen Ebene muss unterbrochen werden. Sollte es zu einem Kollaps kommen, fallen sämtliche Formen von Materie in sich zusammen. Ein winziger Punkt im Innern des Fantasmofons wird von einer riesigen Masse gefüllt werden und alles in sich hineinziehen.«

»Das ist die Definition eines schwarzen Lochs«, entfuhr es Justus nun doch. »Eines Phänomens im Weltall, das entsteht, wenn ein Stern in einer Supernova explodiert. Wie soll ein Gerät hier auf der Erde eine Supernova auslösen?«

»Du weißt viel.« Die Stimme ging kurz in einem besonders aggressiven Rauschen unter, um anschließend mit einem metallischen Hall zu ertönen. »Aber du ahnst nicht, worauf du dich eingelassen hast! Wir befinden uns in einer Phase von Sonnenstürmen und geomagnetischen Aktivitäten, die auf feinstoffliche Singularitäten treffen. Das Fantasmofon muss während solcher Prozesse ruhen!«

»Sollen wir das Gerät finden und ausschalten?«

»Jegliche Berührung könnte eine Kettenreaktion auslösen«, warnte die Stimme. »Schaltet sofort den Strom in *Fogmire House* ab. Unterbindet jegliche Form von Energie, die das Gerät nutzen könnte. Darunter fällt auch Wärme- und Bewegungsenergie.«

»Keine Heizung, kein Feuer«, fasste Justus zusammen.

»Und keine Menschen!«, ergänzte die Stimme. »Bis die Gefahr vorüber ist.«

»Das klingt gefährlich«, sagte Justus ungewohnt kleinlaut.

»Das ist es auch! Jede Sekunde zählt! Flieht!« Es klickte. Die Person am anderen Ende hatte aufgelegt.

»Sonnenstürme, schwarze Löcher …« Peter lachte heiser. »Von solchen Geschichten lasse ich mich nicht verrückt machen. Da hat wohl jemand zu viel Fantasie!«

Justus hatte seinen Freunden gleich nach dem Telefonat von den Warnungen der seltsamen Stimme erzählt. Inzwischen war auch Dr. Sandler in den Flur vor dem Salon gekommen. Sie sah unendlich müde aus.

»Ich habe keine Ahnung, wie das mit dem Fantasmofon zusammenhängt, aber Sonnenstürme gibt es wirklich«, gab Bob zu bedenken. »Die Zeitung, bei der mein Vater arbeitet, hat letztes Jahr einen großen Bericht über das Thema gebracht. Dabei ging es auch um die Auswirkungen auf das Stromnetz bei uns auf der Erde.«

Peter sah seinen Freund entgeistert an. »Das ist kein albernes Märchen?«

»Sonnenstürme sind höchst real. Genau wie schwarze Löcher«, stimmte Justus zu. Seine Stimme klang eigenartig hohl. »Ich fürchte, wir müssen diese Warnungen sehr ernst nehmen.«

»Du veräppelst uns!«, rief Peter, nun vollkommen verdattert.

»Just?«, fragte Bob nach.

»Ich befürchte, wir kommen hier an unsere Grenzen.« Der

Erste Detektiv sah ernst in die Runde. Sein rundliches Gesicht wirkte besorgt. »Wir sollten schnell unsere Sachen zusammenpacken. Einer von uns kann schon mal die Sicherungen rausdrehen. Dann ist zumindest der Strom aus.«

»Und dann?«

»Dann verlassen wir das Haus!«

»Aber –«, begann Peter, doch Justus schnitt ihm energisch das Wort ab.

»Wir haben keine Zeit zu verlieren.«

»Just, wir –«

»Wir müssen hier raus! Anfang nächster Woche ist Mrs Kretschmer aus dem Urlaub zurück. Sie ist Expertin für experimentelle Physik und kann uns bestimmt helfen.«

Jetzt war Peter vollkommen verwirrt. Er kannte nur eine Mrs Kretschmer. Sie war die Vorsitzende des Frauenvereins von Rocky Beach und hatte mit Physik nicht viel am Hut.

»Bevor ich wieder einen Fuß in dieses Gebäude setze, will ich ihre Meinung hören«, verkündete Justus. »Und jetzt seht zu, dass ihr euch beeilt! Ich will hier so schnell wie möglich raus!«

Gefahr in der Nacht

Peter war der Erste, der aus der Villa stolperte, die halb geöffnete Reisetasche über der Schulter. Dass ausgerechnet Justus Jonas auf eine Warnung hörte, war vollkommen neu. Und es war beunruhigend. Sehr beunruhigend! Im Schein seiner Taschenlampe stolperte der Zweite Detektiv die Treppenstufen hinunter bis zur Straße, dicht gefolgt von seinen Freunden und Dr. Sandler.

Erst, als Peter bei Bobs Auto ankam, meldete sich plötzlich ein ganz neuer Gedanke in seinem Kopf. Manchmal ließ er sich von seinen Ängsten und Befürchtungen überrumpeln. Das bedeutete jedoch nicht, dass er nie den Durchblick hatte. Gerade sah es sogar so aus, als wäre er Bob einen Schritt voraus. Sein Freund kramte atemlos nach dem Autoschlüssel und wirkte sehr gehetzt.

»Wir teilen uns auf!«, bellte Justus. »Ich fahre mit Dr. Sandler, ihr folgt uns mit dem Käfer.«

»Da ist er ja.« Erleichtert zückte Bob den Schlüssel. Mit ungeschickten Bewegungen schloss er den Käfer auf und warf seine Tasche ins Wageninnere. Ganz in ihrer Nähe klappten Autotüren, dann wurde ein Motor angelassen. »Beeil dich!«, rief der dritte Detektiv. »Worauf wartest du denn noch?«

»Ich komme ja schon.« Peter stieg in den Wagen. Bevor er auch nur nach dem Anschnallgurt greifen konnte, gab sein Freund bereits energisch Gas. Mit verbissenem Gesichtsausdruck folgte er den Rücklichtern von Dr. Sandlers kleinem Leihwagen.

»Es ist alles okay«, sagte Peter ruhig.

»Peter!« Bob schlug mit der flachen Hand aufs Lenkrad. »Jetzt wäre mal der richtige Zeitpunkt für Angst – oder besser Panik!«

»Du glaubst doch nicht wirklich an diesen Blödsinn?«

Bob kuppelte ungelenk. »Justus glaubt daran, das reicht mir.«

»Ja klar. Die Welt geht unter.« Der Zweite Detektiv schnallte sich in aller Seelenruhe an. »Ein Telefon zum Totenreich, das durchdreht und ein schwarzes Loch produziert?«

»Dr. Sandler wird langsamer«, wunderte sich Bob, ohne auf Peter einzugehen. »Und jetzt blinkt sie links.«

»Glaubst du neuerdings auch, dass der Venusmond Tetra auf die Erde zurast und Fencheltee-Portale in die Vergangenheit öffnen kann?«

»Was redest du da?« Bob schaltete einen Gang herunter. »Was für ein Mond? Und was hat das mit Fencheltee zu tun?«

»Ich rede Schwachsinn«, sagte Peter. »Genau wie die Stimme am Telefon.«

Bob achtete weiterhin nur auf das Auto vor ihm. Es blinkte

erneut und hielt dann in einer dunklen Seitenstraße. Die Beifahrertür öffnete sich und Justus stieg aus. Der dritte Detektiv schüttelte den Kopf. »Was machen die denn?«

»Lass dich überraschen.« Peter wartete, bis der Käfer ebenfalls angehalten hatte, dann sprang auch er aus dem Wagen. Justus und Dr. Sandler kamen ihm bereits entgegen.

»Das war wirklich eine glaubhafte Show, Just.« Peter grinste seinen Freund an. »Aber wenn Mrs Kretschmer eine Ahnung von Physik hat, melde ich mich freiwillig bei den Cheerleadern.«

»Ihr habt es also durchschaut?«, fragte Justus.

Bob kam langsam näher. Er gab ein Ächzen von sich. »Ich hätte es wissen müssen. Wenn du Panik schiebst und Peter die Ruhe in Person ist, kann das nur ein Trick sein.«

»Brett vorm Kopf«, sagte der Zweite Detektiv und klopfte Bob freundschaftlich auf die Schulter.

»Wir haben nicht viel Zeit«, erklärte Justus, der unter seiner geöffneten Regenjacke immer noch den Elektriker-Gürtel trug. »Der Anrufer wollte mit den abstrusen Drohungen erreichen, dass wir das Haus verlassen. So, wie es gestern mit dem Spuk bei Dr. Sandler gelaufen ist. Falls er wirklich nach dem Fantasmofon sucht, braucht er offenbar mehr Zeit. Oder sie. Die Person hat einen Stimmverzerrer mit Effekten benutzt, daher kann ich zu der Identität des Anrufers wenig sagen. Immerhin habe ich mit unserer ›Flucht‹ dafür gesorgt, dass sich die Person in Sicherheit wiegt. Wo auch immer sie jetzt ist – ich gehe davon aus, dass sie die Suche noch in dieser Nacht fortsetzen wird.«

»Meinst du, wir wurden belauscht?«, fragte Bob.

»Mit hoher Wahrscheinlichkeit, ja«, sagte Justus. »Aber damit mussten wir rechnen.«

»Das mag sein, hilft uns aber nicht weiter«, warf Peter ein. »In *Fogmire House* gibt es garantiert mehr als tausend Versteckmöglichkeiten für Wanzen und Mikrofone.«

»Abgesehen von Geheimräumen oder zusätzlichen Rohren, die aus dem Haus hinausführen«, überlegte Bob.

»Lasst das meine Sorge sein«, sagte Justus und zog energisch den Reißverschluss seiner Jacke zu. »Aber jetzt gilt es, die Villa zu überwachen. Dazu gehen wir zu Fuß zurück zum Haus, teilen uns auf und schleichen uns langsam aus zwei Richtungen von unten an, während Bob den Garten absichert.«

Ein feiner Nieselregen hatte eingesetzt, als Bob durch das Tor in der Feldsteinmauer huschte. Er musste achtgeben, auf den Gehwegplatten nicht auszurutschen. Er duckte sich hinter eine Mülltonne und spähte die Treppen hinauf. Dabei war die Deckung unter diesen Bedingungen kaum nötig. Die Dunkelheit war der beste Tarnmantel, den man sich wünschen konnte. Allerdings sah er selbst auch fast nichts. Die Zinnen und Spitzdächer der Villa hoben sich kaum von dem schwarzen Himmel ab, den Rest des Gebäudes konnte man nur mit viel Fantasie erahnen. Justus hatte ja vor ihrem Aufbruch den Strom abgeschaltet – so, wie gefordert. Dementsprechend leuchtete nicht ein einziges Licht.

Mit klopfendem Herzen wartete Bob darauf, dass etwas passierte. Irgendwo weiter oben schlichen Justus und Peter an den Seiten des Hauses entlang. Dr. Sandler kauerte auf dem gegenüberliegenden Grundstück hinter einem kleinen Zaun.

Der Regen wurde stärker. Bob lauschte. Alles, was er hören konnte, war das Konzert der Tropfen. Mal hell, mal dumpf, je nachdem, ob sie auf Steine, Blechdächer, Dachziegel oder Pflanzen prasselten. Bob hoffte inständig, dass die Aktion nicht bis zum Morgengrauen andauern würde. Was, wenn niemand kam? Oder der Einbrecher schon längst im Haus war?

Doch Bobs Sorgen waren unnötig. Nur zehn Minuten später blinkte schräg oben ein winziger Lichtpunkt auf – ungefähr dort, wo Bob den Hauseingang vermutete. Warum tat Peter denn nichts? Er sollte doch irgendwo da oben sein …

Bob musste etwas unternehmen. Beherzt sprang er hinter dem Mülleimer hervor und schlitterte über die nassen Steine zur Treppe. Der Aufstieg war jetzt besonders herausfordernd. Die Stufen waren uneben und die Abstände zwischen ihnen unterschiedlich groß. Dennoch legte Bob an Tempo zu. Den winzigen Lichtpunkt fest im Blick sprang er aufwärts. Im Laufen hörte er, wie Peter vor Schmerz aufschrie. Der zuckende Lichtpunkt verschwand. Was ging dort oben vor sich? Der dritte Detektiv beugte den Oberkörper vor, spannte die Muskeln an und machte einen weiteren Satz. Im selben Augenblick spürte er, dass er eine Stufe knapp verfehlt hatte und ins Leere trat. Hilflos ruderte Bob mit den Armen. Er strauchelte, glitt nun auch mit dem anderen Fuß weg und schlitterte über die Steine. Sein Magen zog sich zusammen. Dann stürzte er in die Dunkelheit.

Das Verhör

»Bob?«

Der dritte Detektiv blinzelte.

»Bob!«

Jemand beugte sich über ihn.

»Ist alles okay?« Die Stimme gehörte zu Peter.

Eine Lampe leuchtete auf. Der Schein blendete. »Uh«, brachte Bob hervor.

»Er ist vielleicht am Kopf verletzt!«

»Lass mich mal sehen.« Das kam von Justus.

Bob fühlte sich benommen. Das Letzte, woran er sich erinnern konnte, war der Sturz von der Treppe. War er ohnmächtig geworden? Er versuchte, sich zu sortieren. Es war kalt und es regnete. Er lag also noch draußen. Dann war da noch etwas … ein schriller Ton, der rasch anschwoll. Eine Sirene. Bob öffnete nun vollständig die Augen. Er lag ausgestreckt auf einem Treppenabsatz, ein paar Stufen von der Stelle entfernt, auf der er ausgerutscht war. Neben ihm kniete Peter, eine Taschenlampe in der Hand. Justus saß gleich daneben und leuchtete ebenfalls. Regen tropfte aus seinen Haaren und blitzte im Licht auf. In der Ferne blinkte es rot und blau.

»Die Polizei kommt!« Das war Dr. Sandler, die sich nun ebenfalls über ihn beugte. »Sollen wir nicht besser einen Arzt rufen, auch für Peter?«

»Was ist passiert?«, fragte Bob. Jetzt erst sah er, dass etwas Dunkles über das Gesicht seines Freundes lief: Blut!

»Ich lebe noch«, beteuerte der Zweite Detektiv. »Und du zum Glück auch. Weißt du noch, wer du bist?«

»Ja. Bob … Andrews … aus Rocky Beach. Mir brummt nur der Schädel. Und ich will wissen, was passiert ist!«

»Immer hübsch langsam. Weißt du auch, wer wir sind?«

»Peter und Justus und Dr. Sandler.«

»Er hat keine Amnesie«, rief Peter erfreut. »Wobei … Bob, kennst du noch die Zahlen-Kombination an deinem Fahrradschloss?«

»Ich habe ein Schloss mit Schlüssel«, brummte Bob.

»Okay, mal sehen …« Peter schien sich neue Fragen auszudenken, doch der Erste Detektiv bremste ihn.

»Das reicht.«

»Warum blutet Peter?«, wollte Bob nun endlich wissen. »Und was ist mit dem Einbrecher?«

»Der ist über alle Berge«, antwortete Peter missmutig.

»Wir konnten die Person leider nicht aufhalten«, fügte Justus hinzu.

»*Ich* konnte es nicht«, gestand der Zweite Detektiv.

»Unser Gegner ist wohl recht kampferprobt«, erklärte Justus. »Er hat Peter erwischt, bevor er auch nur ansatzweise seine Deckung aufbauen konnte.«

»Wenn ich nicht gestürzt wäre, hätte ich vielleicht eingreifen können«, sagte Bob betreten.

»Vermutlich nicht«, wandte Peter ein. »Der Einbrecher ist mit einem Satz in der Dunkelheit verschwunden. Keine Ahnung, wohin.«

Die Benommenheit ließ deutlich nach. Dafür drängten sich jetzt eine ganze Reihe von Fragen ins Bobs Kopf. Bevor er sie jedoch stellen konnte, tauchten die Lichtkegel von zwei Lampen unterhalb von ihnen auf. Die Polizei war da.

Wenig später drängten sich die drei ??? in Decken gehüllt auf die Couch im Salon. Eine Polizistin und ein Polizist saßen ihnen gegenüber und notierten, was innerhalb der letzten Stunde passiert war. Einiges davon war auch für Bob neu.

»Der Einbrecher hatte also einen Schlüssel?«, fragte einer der Beamten.

»Sie haben ja gesehen, dass der Schlüssel im Schloss steckte«, erwiderte Justus. »Mein Freund kam gerade an, als die Person die Tür öffnete.«

»Dr. ... äh ...« Die Polizistin drehte sich zu Mrs Sandler um. Diese saß auf dem Klavierhocker und war erschreckend blass um die Nase. »Sandler«, sagte sie leise.

»Also Dr. Sandler hier hat uns angerufen und ausgesagt, dass ihr den Einbruch verhindern wolltet.«

»Die Jungen sind Detektive«, erklärte die Auftraggeberin der Jungen, bevor Justus etwas sagen konnte. »Sie wollen mir helfen herauszufinden, weswegen es in diesem Haus spukt. Oder besser, weswegen es nicht spukt.«

Die Beamten tauschten einen Blick, der irgendwo zwischen Belustigung und Besorgnis angesiedelt war. »Nur um sicherzugehen: Sie haben Minderjährige engagiert, um mitten in der Nacht auf Geisterjagd zu gehen?«

»Ganz so ist es nicht«, erwiderte Dr. Sandler schnell. »Wir glauben nicht an einen Spuk.«

»Dennoch haben Sie diese Jungs engagiert.« Der Polizist musterte die drei ??? kritisch. Sein Blick blieb zuerst an Bob hängen, dann schaute er auf Peter. Dessen Nase war geschwollen und es befanden sich Blutflecken an seinem Kinn und auf dem Kragen seines Sweatshirts.

»Wir können so etwas nicht gutheißen«, sagte die Beamtin streng. »Auf jeden Fall müssen wir mit euren Eltern sprechen.«

»Die sind darüber in Kenntnis, dass wir hier sind, und haben eingewilligt, dass wir in der Villa übernachten. Rufen Sie lieber Inspektor Cotta in Rocky Beach an«, empfahl Justus. »Er kann Ihnen bestätigen, dass alles seine Ordnung hat. Wir arbeiten professionell und mit der Zustimmung der Polizei. Außerdem sollten Sie wissen, dass wir unser Detektivbüro nicht gewerblich betreiben. Dr. Sandler zahlt uns daher kein Honorar.«

»Das ändert nichts an der Tatsache, dass ihr um diese Zeit ins Bett gehört«, konterte die Beamtin.

»Unsere Ermittlungstätigkeit scheint Ihnen wichtiger zu sein als der Sachverhalt, dass ein Einbrecher den Schlüssel zu diesem Haus besitzt«, verkündete Justus so gelassen wie möglich. Ihm war kaum anzumerken, dass er diese Art von Verhör nicht schätzte. Der Erste Detektiv konnte es nicht leiden, wenn Erwachsene ihn nicht ernst nahmen und seine Methoden kritisierten. »Sollten Sie nicht lieber den Fokus auf die Identität der unbekannten Person richten?«

»Du kommst dir wohl sehr schlau vor«, sagte der Polizist. »Wir gehen dem Einbruch natürlich nach.«

»Aber wie kam die Person zu dem Schlüssel?«, griff Dr. Sandler Justus' Aussage auf. »Es gibt nur zwei Exemplare, die die Besitzerin beide bei der Vertragsunterzeichnung an die Stiftung ausgehändigt hat.«

»Dann war es möglicherweise gar kein Einbrecher«, warf der Polizist ein.

»Wer denn sonst?«, ereiferte sich Dr. Sandler. »Außer mir hat nur mein Kollege Archibald Belltone einen Schlüssel zur Villa.«

»Glauben Sie, dass Ihr Kollege hier einbrechen wollte?«, fragte die Polizistin.

»Nein«, entgegnete Dr. Sandler rasch. »Mr Belltone würde so etwas nicht tun. Außerdem hat er ein Alibi. Er ist auf einem Konzert mit anschließendem Empfang.«

»Mitten in der Nacht?«

Dr. Sandler sah auf ihre Armbanduhr. »Solche Veranstaltungen können sich ziehen. Das Konzert war in Boyle Heights, mitten in Los Angeles.«

»Er war es eh nicht«, meldete sich Peter zu Wort. »Ich habe den Einbrecher in der Dunkelheit zwar kaum gesehen und ich glaube, dass er eine Skimütze trug. Aber die Person wirkte sehr wendig und … ich glaube … sie war kleiner als ich. Mr Belltone ist groß und rundlich.«

»War es eine Frau?«, wollte Bob wissen.

»Wir stellen die Fragen«, erinnerte ihn der Polizist. Dann wandte er sich an Peter. »War es eine Frau?«

»Ich bin mir nicht sicher«, gestand Peter. »Es könnte auch ein Junge gewesen sein oder ein kleiner, schmaler Mann.«

»Eine sportliche, zierliche Person, die Zugang zu einem Schlüssel hat«, murmelte Justus. Er wandte sich an Dr. Sandler. »Hatte Mr Belltone seinen Hausschlüssel vorhin bei sich?«

»Nein, er hat geklingelt. Aber das muss nichts heißen. Jemand wie Archie würde alleine schon aus Höflichkeit nicht einfach so ins Haus kommen.«

»Wir brechen jetzt auf«, verkündete der Polizist. »Die Kollegen aus Rocky Beach werden wir gleich noch von der Wache aus anrufen. Und ihr geht ins Bett!«

Dr. Sandler hatte sich die Worte der Polizisten zu Herzen genommen. Man sah ihr das schlechte Gewissen deutlich an. Nachdem sie die Beamten verabschiedet hatte, verarztete sie Peters Nase, untersuchte Bobs Hinterkopf drei Mal, verordnete den Jungen eine heiße Dusche und erinnerte sie daran, das Zähneputzen nicht zu vergessen. Dann wünschte sie ihnen eine gute Nacht und zog sich in das Schlafgemach zurück. Die drei ??? sollten in einem der beiden Gästezimmer wohnen, die über dem Salon lagen. Eine direkte Verbindung zwischen den Stockwerken gab es zu Justus' Leidwesen jedoch nicht. Man musste zunächst durch das große Treppenhaus bis zum Flur vor der Bibliothek hochsteigen, um anschließend durch das zweite Treppenhaus wieder ein Stück hinabzusteigen.

»Die Aktion war ein Reinfall«, sagte Peter, als er endlich unter die Decke schlüpfte. »Zu blöd, dass Dr. Sandler die Polizisten gerufen hat. Wenn der Einbrecher unser Gespräch mit den beiden im Salon abgehört hat, weiß der jetzt doch alles und ist gewarnt.«

»Mitnichten.« Justus saß noch am Boden vor einem der beiden Koffer und wühlte im Licht einer kleinen Lampe darin herum. »Unsere Gespräche können nur belauscht werden, wenn ich das zulasse.«

»Wie das?«, fragte Peter erstaunt.

Bob, der neben ihm in einem riesigen Doppelbett lag, war innerhalb von Sekunden eingeschlafen.

»Ich hatte meinen Gürtel dabei«, verriet der Erste Detektiv.

»Hat der Zauberkräfte?«, witzelte Peter.

»Die einen nennen es Zauberkräfte, die anderen Technik.« Justus' Stimme klang höchst zufrieden. »Ich habe euch wohlweislich verschwiegen, dass ich neben der Elektro-Ausstattung auch einen Audioblocker mitgebracht habe. Der schützt uns mithilfe von Ultraschall vor Abhörgeräten. Es ist kein Profi-Modell, aber im Radius von einigen Metern funktioniert es einwandfrei. So auch jetzt.«

»Du wusstest also schon die ganze Zeit, dass uns jemand belauscht?«

»Nein, das konnte ich nicht wissen und ich habe selbst mit meinen Geräten keine Wanzen gefunden. Aber ganz ausschließen kann ich es auch nicht, dass es hier welche gibt. Ich wollte einfach von vornherein kein Risiko eingehen. Alle wichtigen Gespräche habe ich vorsorglich durch den Störsender geschützt. Zwischendurch habe ich ihn aber für längere Zeit ausgestellt. Ich wollte nicht, dass der Täter Verdacht schöpft.«

»Das hättest du uns auch früher sagen können.« Peter gähnte herzhaft. Seine Augenlider wurden schwer. Der Regen war inzwischen schwächer geworden und tropfte nur noch leise auf das Fensterbrett draußen. Bob atmete gleichmäßig und Justus schraubte geräuschlos an etwas herum.

»Was machst du da eigentlich?«, brummte Peter.

»Hm«, machte der Erste Detektiv. Danach folgte eine Pause. Falls es noch eine Antwort gab, bekam Peter sie schon nicht mehr mit. Genau wie Bob fiel auch er in einen tiefen, traumlosen Schlaf.

Rock am Morgen

»Guten Morgen!« Sax Sandler war ungewöhnlich gut gelaunt – ganz im Gegenteil zu den momentanen Bewohnern von *Fogmire House*, die er allesamt wach geklingelt hatte. »Ich habe heute einen Termin in der Gegend und dachte, ich könnte euch vorher mit einem Frühstück überraschen.«

»Willst du überprüfen, wie schlecht es mir geht?«, fragt Dr. Sandler.

»Ich bin einfach neugierig auf das Haus«, gestand Sax. »Außerdem muss ich noch etwas mit Bob besprechen.« Er machte eine kurze Pause und grinste. »Und nebenbei wollte ich natürlich auch sehen, wie du dich als Geisterjägerin schlägst.«

Dr. Sandler verzog das Gesicht. »Spar dir die Witze.«

»Schön, dass du dich freust.« Sax grinste breit.

»Wir decken schon mal den Frühstückstisch.« Der Erste Detektiv nahm Bobs Chef zwei große Papiertüten ab, aus denen es verführerisch duftete.

Eine Viertelstunde später saßen alle an der langen Tafel im Speisezimmer. Bei Tageslicht wirkte der Raum mit der Blätter-Tapete nicht mehr ganz so sehr wie ein finsterer Dschungel. Dafür erkannte man jetzt umso deutlicher, wie viel im Haus noch zu tun war.

Sax war dennoch begeistert. »Die Hütte ist großartig. Stellt euch mal vor, wie genial es wäre, hier Motto-Partys zu feiern. Ein Krimidinner zum Beispiel. Oder Halloween.«

»Ich fände es genial, wenn du deine Musik ausschalten würdest«, sagte Dr. Sandler.

Sax tat, als höre er sie nicht. Das Klangsystem mit den Rohren hatte ihn sofort fasziniert. Da er neben einer Kaffeemaschine auch einen Mini-Lautsprecher mitgebracht hatte, schallte nun seine neueste Band-Entdeckung durch die Rohre in alle Hausteile. Das war genauso effektiv wie ein Störsender.

Während er in seinen Donut biss, zeichnete Justus auf, in welchen Zimmern sie Rohre in den Lampen gefunden hatten. Offenbar gab es auf jeder Etage einen einbezogenen Raum: den Keller, den Salon, das Speisezimmer, die Bibliothek, das kleine Bad zwischen den Gästezimmern und ganz oben das Arbeitszimmer.

»Wenn der Einbrecher schon in der ersten Spuknacht einen Schlüssel hatte, ist er vielleicht damit ins Haus gekommen«, überlegte Bob währenddessen.

»Oder die Einbrecherin«, fügte Peter hinzu.

»Oder das einbrechende Wesen«, sagte Sax, woraufhin er ein genervtes Zischen seiner Exfrau erntete.

Bob versuchte, die beiden zu ignorieren. »Die Person hat sich im Keller versteckt, für unheimliche Effekte gesorgt und erreicht, dass Dr. Sandler überstürzt das Haus verlässt.«

»Eine gute Theorie«, sagte Justus. »Allerdings wissen wir noch nicht, ob der Einbrecher, der Verursacher des Spuks und der nächtliche Anrufer ein und dieselbe Person sind. Und wir können auch nur vermuten, dass es um das Fantasmofon geht. Einen Beweis dafür haben wir nicht.«

Sax räusperte sich. »Leute, das klingt alles sehr spannend. Allerdings müsste ich an dieser Stelle jetzt kurz unterbrechen. Meine Termine überschneiden sich heute. Eine ungewöhnliche Band aus North Hollywood hat sich bei uns beworben und mich heute zur Probe eingeladen. Genau zu der Zeit treffe ich mich aber mit einer Künstlerin in Malibu.« Sax wandte sich an Bob. »Könntest die Jungs in Hollywood übernehmen?«

»Äh, ja«, sagte Bob, sah dabei aber zu Justus.

Der Erste Detektiv dachte kurz nach. »Das sollte machbar sein. In Anbetracht des Ortes könnte man diesen Auftrag mit einem Besuch der Universität verbinden.«

»Ruxton?«, fragte Bob. »Soll ich mit Professorin Kapoor sprechen?«

»Genau«, entschied Justus. »Ich wüsste gern mehr über das Fantasmofon und seine Rolle im Testament von Fenn Fogmire. Wie lautete dessen Botschaft? Ist der Apparat vielleicht doch wertvoll? Haben in letzter Zeit irgendwelche Leute danach gefragt? Weswegen war die Suche danach so kompliziert, dass Professorin Kapoor aufgegeben hat …«

»Wird erledigt.« Bob notierte sich die Fragen. Dann runzelte er die Stirn. »Es ist doch seltsam, dass die Villa fast ein Jahr leer stand und sich niemand dafür interessiert hat. Als die Stiftung das Haus gemietet hat, ist auch nichts passiert. Warum wird der Einbrecher erst jetzt aktiv?«

»Weil bald jemand hier einzieht?«, überlegte Peter.

»Möglich«, sagte Justus. Er zupfte nachdenklich an seiner Unterlippe. »Diese Frage sollten wir im Hinterkopf behalten. Ich schlage vor, dass Bob so bald wie möglich aufbricht. Peter bekommt ebenfalls einen Außeneinsatz und ich erledige noch ein paar Dinge in der Villa.«

Erneute Spurensicherung rund ums Haus – so lautete Peters Aufgabe. Sie begann vor der Haustür und würde ihn vermutlich durch Matsch, Brennnesseln und Brombeeren führen. Der Zweite Detektiv seufzte. Er hörte, wie unten auf der Straße der Käfer ansprang. Bob machte sich auf den Weg nach Los Angeles. Sax Sandler musste in der Villa den Abwasch erledigen, seine Exfrau telefonierte mit der Polizei und Justus gab sich mal wieder geheimnisvoll.

Immer noch etwas müde machte sich Peter an die Arbeit. Er überprüfte den Schließzylinder der Tür, suchte nach Fingerabdrücken und sonstigen Spuren, fand aber nichts. Die ersten Fortschritte machte er erst, als er das Gebüsch an der oberen Grundstücksgrenze in Augenschein nahm. Dort entdeckte er ein weiteres Loch im Dickicht. Auch an dieser Stelle waren die Äste abgeknickt, die Bruchstellen dieses Mal aber noch frisch und grün. Das war eindeutig in der letzten Nacht passiert. Der Zweite Detektiv bog ein paar Zweige des Busches auseinander. Auf dem nassen Boden darunter befanden sich Überreste von groben Stufen aus Steinen und morschem Holz, die den letzten Teil des Hangs hinaufführten. Der Einbrecher hatte offenbar gewusst, dass es hier einen ehemaligen Zugang zur Villa gab. So war es zumindest kein Wunder, dass er letzte Nacht unbemerkt von den drei ??? aufs Grundstück gelangt war. Die Person hatte einfach die versteckte Abkürzung von oben genommen.

Peter stieg die alten Stufen hinauf, bis er zu einem breiten Forstweg gelangte, der oberhalb des Hangs verlief. Der Asphalt war überall zerbrochen und die Natur eroberte den Weg zurück. Autos konnten hier nicht mehr fahren. Zu Fuß kam man aber ganz gut voran. Der Weg verlief einigermaßen parallel zu der Straße am Boden der Schlucht. Die eine Richtung führte tiefer in die Berge, die andere Richtung zu den Häusern, an denen sie auf dem Weg zur Villa vorbeigefahren waren. Diese Richtung schlug der Zweite Detektiv nun ein. Er war froh, sich endlich etwas zu bewegen. Die frische Luft roch würzig nach Kiefern und Moos und weckte seine müden Lebensgeister.

Der Weg beschrieb ein paar Kurven und führte schon nach kurzer Zeit den Berghang hinab und durch eine Gruppe von Bäumen bis zur Straße. Diese Abzweigung hatten sie gestern Nacht in der Dunkelheit gar nicht bemerkt. Dabei war es gut möglich, dass der Einbrecher genau hier darauf gewartet hatte, dass sie das Haus verließen. Peter untersuchte eine Stelle, an der das Erdreich aufgewühlt war. Regenpfützen sammelten sich in tiefen Abdrücken. Hier hatte eindeutig ein Auto geparkt. Der Zweite Detektiv entdeckte auch ein paar Fußabdrücke. Soweit man es noch beurteilen konnte, stammten sie von Stiefeln – relativ kleinen Stiefeln. Hatte der Einbrecher ihre vermeintliche Flucht aus der Villa beobachtet und war dann über den Bergkamm gestiegen? Ergab es Sinn, dass sie alle mehr oder weniger gleichzeitig bei *Fogmire House* angekommen waren? Die drei Detektive von unten und der Einbrecher von oben? Vermutlich schon, wenn man bedachte, dass der Einbrecher den beschwerlicheren Weg genommen hatte – noch dazu bei Nässe und Dunkelheit.

Peter sah von dem nassen Boden auf. Durch die hohen Kiefern hindurch erspähte er ein gelbes Holzhaus mit weißen Sprossenfenstern. Die Villa konnten dessen Bewohner garantiert nicht sehen, da zwischen den beiden Gebäuden ein dicht bewaldetes Grundstück mit ein paar breiten Felsvorsprüngen lag. Die Mündung des Forstwegs befand sich aber nur ein paar Meter von dem gelben Haus entfernt. Vielleicht hatte jemand den Wagen des Einbrechers gehört oder sogar gesehen.

Da sich der Zweite Detektiv lieber nicht wie ein Einbrecher quer durch die Büsche schlagen wollte, eilte er die Straße entlang und steuerte über die Zufahrt das Haus an. Ein Taxi parkte vor der Garage. Der Fahrer hob gerade Gepäck aus dem Kofferraum und stellte die Sachen vor einer krummen Gestalt ab. Es handelte sich um einen alten Herrn, der dem Fahrer nun ein paar Geldscheine reichte. Peter wartete, bis das Taxi rückwärts von der Auffahrt rollte und anschließend davonbrauste. Der alte Herr betrachtete sein Gepäck, als wüsste er nicht so recht, was nun zu tun war.

»Kann ich Ihnen helfen?«, bot Peter an.

Der Mann sah auf. Er zögerte kurz. »Kenne ich dich?«

»Nein, Sir.« Peter kam langsam näher. »Ich heiße Peter Shaw und komme aus Rocky Beach. Ich helfe der Stiftung, die *Fogmire House* übernommen hat.«

»Habe schon gehört, dass die Erbin den alten Kasten vermietet hat«, sagte der alte Mann. Er musterte Peter mit blauen Augen, die von buschigen Brauen überschattet wurden. »Es geht um klassische Musik und junge Künstler, nicht wahr?«

»So ist es.« Peter nickte eifrig.

Der alte Mann hob im Zeitlupentempo eine kleine Reisetasche hoch. »Wurde auch Zeit, dass es wieder genutzt wird. Es ist nicht gut, wenn ein Haus zu lange unbewohnt ist.«

»Soll ich Ihnen wirklich nicht helfen?«, fragte Peter erneut.

»Verzeih mein Misstrauen«, erwiderte der alte Mann. »Bei Fremden sollte man als Senior vorsichtig sein. Das gilt übrigens auch für junge Menschen wie dich. Ich könnte schließlich gefährlich sein.«

Peter blieb unschlüssig stehen. Der Mann war wirklich alt und wirkte zerbrechlich. Im Gegensatz dazu war der Zweite Detektiv flink und sportlich. Darüber hinaus konnte er Karate. Andererseits …

»Nun, ich fürchte, ich habe gar keine andere Wahl«, sagte

der alte Mann verlegen. »Die Tasche kann ich gerade noch bis in den Flur tragen, aber den Koffer nicht.«

»Den übernehme ich gern«, erklärte Peter. »Meine Freunde wissen ja auch, wo ich bin. Falls Sie gefährlich sind.«

»Dann werde ich dich wohl besser nicht überfallen.« Der alte Mann lachte. »Ich bin übrigens Larry Watts.«

»Wohnen Sie schon lange hier?«, fragte der Zweite Detektiv, während er den Koffer hochwuchtete.

»Erst seit 45 Jahren.« Mr Watts humpelte zur Tür und hielt sie auf. Peter wankte an ihm vorbei und stellte den Koffer im Flur ab.

»Danke!« Mr Watts ging langsam zu einem Garderobenständer und hängte umständlich seine Jacke auf. »Aber du bist sicherlich nicht gekommen, um mich das zu fragen, oder?«

»Nein.« Peter hatte beschlossen, ehrlich zu sein. Misstrauen brachte ihn hier nicht weiter. Also holte er eine Visitenkarte der drei ??? aus seiner Hosentasche und überreichte sie dem alten Herrn. »Meine Freunde und ich arbeiten als Detektive. In *Fogmire House* wurde gestern eingebrochen. Ich wollte den Einbrecher aufhalten, aber er hat mich überrumpelt.«

»Die blauen Flecken kann sogar ich erkennen.« Mr Watts schaltete die Flurlampe an und blickte Peter neugierig ins Gesicht. »Muss ein schöner Schlag gewesen sein. Du hast Glück gehabt, dass die Nase nicht gebrochen ist.«

»Das können Sie laut sagen.« Peter warf einen Blick in den Flurspiegel, der neben der Tür hing. Tatsächlich hatten sich rund um den Nasenrücken bläuliche und lilafarbene Schatten gebildet. »Haben Sie letzte Nacht zufällig etwas bemerkt? Bei den Kiefern an der Straße ein Stück weiter sind Reifenabdrücke im Boden zu sehen. Da hat jemand geparkt.«

»Leider kann ich dir nicht helfen.« Mr Watts deutete auf den Koffer. »Ich bin eben erst aus Florida zurückgekommen. Im Winter besuche ich dort häufig alte Freunde. Bald ziehe ich ganz zu ihnen. Dieses Mal war ich mehrere Wochen weg, um mir ein passendes Haus zu suchen.«

»Schade«, sagte Peter.

»Ich freue mich darauf, nicht mehr so alleine zu sein.« Mr Watts ließ sich auf eine kleine Bank fallen, die neben dem Garderobenständer stand. Ächzend streckte er seine dünnen Beine aus. »Hier ist es viel zu still geworden. Fenn Fogmire war einer der letzten Nachbarn, bis er in eine Seniorenresidenz zog und schließlich diese Welt verließ. Für ältere Leute ist es hier viel zu abgelegen. Aber auch die jungen Familien zieht es in andere Gegenden. Verständlich, dass die Erbin nicht selbst hier wohnen möchte.«

»Kennen Sie sie? Professorin Kapoor?«, fragte Peter.

»Aber natürlich. Ich habe sie allerdings eine Ewigkeit nicht gesehen«, sagte Mr Watts. »Bestimmt war sie zwischendurch drüben in der Villa, aber das bekomme ich von hier ja nicht mit. Ich hatte trotzdem gehofft, dass sie mal vorbeikommt und mir ein paar Fragen stellt.«

»Vielleicht waren Sie da gerade in Florida«, überlegte Peter.

Mr Watts lächelte. »Das kann natürlich sein. Aber ich fürchte, dass sie einfach nicht an dem Fantasmofon interessiert ist.«

Überraschung!

Der Abstecher zur Uni Ruxton verlief erstaunlich glatt. Bob erreichte ohne Stau sein Ziel, bekam einen Parkplatz und fand problemlos das Gebäude mit dem Schild »Wissenschafts- und Technikgeschichte«. Auf dem Flur erwischte er Professorin Kapoor direkt vor ihrem Büro.

»Du bist also der Junge, mit dem ich gestern gesprochen habe.« Die dunkelhaarige Frau lächelte Bob an. »Professor Barrister hat mir schon viel von euren Fällen erzählt. Vielleicht hätte ich gleich nach der Testamentseröffnung an euch denken sollen. Wie ich hörte, seid ihr nicht nur gut darin, seltsame Geheimnisse aufzudecken, sondern auch darin, versteckte Dinge zu finden.«

»Wir bemühen uns«, sagte Bob. Er musterte die Frau so unauffällig wie möglich, während sie ihr Büro aufschloss. Professorin Kapoor war vermutlich Anfang fünfzig und machte einen ziemlich fitten Eindruck. Als Hauptverdächtige wäre sie perfekt gewesen. Allerdings hatte sie lange genug Zeit gehabt, die Villa zu durchsuchen, und auch jetzt könnte sie als Besitzerin sicher jederzeit unter einem guten Vorwand dort auftauchen.

»Aber ihr seid dem Fantasmofon ja auch schon ohne meinen Auftrag auf der Spur.« Die Wissenschaftlerin öffnete die Tür und trat in einen Raum mit zwei Schreibtischen, vollgestopften Schränken und überquellenden Regalen. Bob folgte ihr.

»Viel Zeit habe ich leider nicht. Ich muss gleich wieder los. Irgendwie lade ich mir immer zu viel Arbeit auf und meine Assistentin ist krank. Nicht gerade der beste Moment, um sich mit Zauberei, Aberglauben und verrücktem Hokuspokus zu beschäftigen.«

»Ich wollte mich mit Ihnen eigentlich gern über Ihren Großonkel und sein Testament unterhalten«, sagte Bob.

»Onkel Fenn war ein Sonderling. Sehr nett, aber mit einem seltsamen Humor«, sagte Professorin Kapoor. »Das habe ich auch wieder bei der Testamentsvollstreckung gemerkt. Statt es einfach zu machen, hat er die Sache aufgezogen wie die Schatzsuche für einen Kindergeburtstag. Im Gegensatz zu ihm bin ich aber mit den Jahren erwachsen geworden und verschwende meine Zeit nicht mit unnötigen Rätseln.«

»Es gibt also tatsächlich einen Rätseltext, der zum Fantasmofon führt?«, fragte Bob nach.

Professorin Kapoor reagierte mit einem Schnauben. »Fenn hat mir eine Tonaufnahme mit einem seltsamen Text hinterlassen. Sie war in die Kopie der Skizze eingewickelt, die ich dir gestern geschickt habe. Mein Großonkel erzählt zusammenhangslose Dinge von Licht, Stimmen und einem Versteck. Ich konnte damit nichts anfangen und selbst Henry Barrister wurde aus dem Text nicht schlau.«

»Könnte ich die Aufzeichnung vielleicht hören?«, fragte Bob.

»Sie ist nicht mehr hier. Ich habe sie zusammen mit den Sachen aus *Fogmire House* in Kisten gepackt und meinen Helfern mitgegeben. Der Krempel müsste jetzt vollständig im Museum sein.«

»Für die Ausstellung?«, fragte Bob verwundert.

»Ich soll das Fantasmofon präsentieren«, sagte Professorin Kapoor matt. »Aber das habe ich ja nicht gefunden. Die Ausstellung im *Peterson Museum*, die wir gerade vorbereiten, beschäftigt sich mit der Geschichte der Tontechnik. Vor ein paar Wochen hatte ich die Idee, bei der Gelegenheit zumindest ein oder zwei von den anderen Erbstücken meines Onkels unterzubringen, quasi als Kompromiss. Immerhin wollen wir auch jüngeren Besuchern etwas Attraktives bieten. So geht moderne Museumspädagogik. Du weißt schon: Dinge zum Anfassen und Ausprobieren. Und dann noch lustige Kuriositäten wie die Wunderapparate.«

»Mussten Sie diese Apparate denn auch suchen, so wie das Fantasmofon?«, fragte Bob.

Professorin Kapoor schüttelte den Kopf. »Alles, was ich mitnehmen sollte, lag schon in Kartons im Arbeitszimmer meines Großonkels. Als die Stiftung mit der Renovierung begann, habe ich die Sachen abholen lassen. Vielleicht dürfen meine Studenten die *Wundertechnik* nach der Ausstellung zerlegen. Mein Großonkel hat mit viel Aufwand antike Bauteile aufgetrieben und daraus neue Sachen konstruiert. Dinge wie uralte Glühbirnen, Sicherungen oder Schalter können wir im Fachbereich ja durchaus gebrauchen.«

»Das klingt so, als wäre die Wundertechnik weniger wert als ihre Einzelteile«, fand Bob.

Professorin Kapoor sah ihn nachdenklich an. »Ja und nein. Die Apparate können technisch durchaus überzeugen. Fenn wusste, wie man mit Mechanik, Elektrizität und Magnetismus interessante Effekte erzielt. Nur sind es eben keine nützlichen Erfindungen, sondern Spielereien.« Ihr Blick fiel auf eine Uhr, die an der Wand vor sich hin tickte. Überrascht stellte Bob fest, dass inzwischen schon Mittagszeit war.

»Hast du noch viele Fragen? Ich muss in zehn Minuten bei einer Veranstaltung sein.« Sie schnappte sich eine Tasche, die an der Garderobe neben der Tür hing. »Dann habe ich eine Besprechung und später ist auch noch Chor – schon wieder so ein Tag, an dem man zu nichts kommt.«

»Ich bin fast durch«, versprach Bob. »Hat sich in letzter Zeit jemand für das Erbe Ihres Onkels interessiert?«

»Nein, niemand – abgesehen von Professor Barrister.«

»Darf ich vielleicht noch im Museum vorbeischauen?«

Professorin Kapoor überlegte kurz. »Eine meiner Studentinnen ist zurzeit dort und hilft beim Aufbau. Die kann ich anrufen und fragen, ob du vorbeikommen kannst.«

Justus war gerade dabei, eine Glühbirne festzudrehen, als das Glockenspiel erklang. Jemand klingelte an der Tür. Dr. Sandler schien das nicht zu interessieren. Sie stritt sich mit ihrem Exmann in der Küche, was Justus selbst im Gästezimmer hören konnte, obwohl die Küche nicht über die Klangrohre mit anderen Räumen verbunden war. Seit dem Telefonat mit der Polizei war die Auftraggeberin der Jungen schlecht gelaunt. Die Beamten hatten bislang nichts unternommen und sich noch nicht einmal bei Inspektor Cotta gemeldet.

Der Erste Detektiv seufzte und machte sich auf den Weg nach oben. Sobald er die Klinke der Haustür drückte, hörte das Glockenspiel auf. Er hatte mit Peter gerechnet, blickte jedoch in ein vollkommen unbekanntes Gesicht.

»Oh. Hallo!« Innerhalb von Sekunden registrierte Justus eine klobige Brille mit schwarzem Rahmen und glatte, dunkelbraune Haare, die ein blasses Gesicht einrahmten.

»Ebenfalls ›Oh, hallo‹«, sagte die junge Frau, die Justus gegenüberstand. Die Ärmel ihrer Bluse waren etwas lang und hingen aus der Jacke heraus. Abgesehen davon war sie sehr unauffällig gekleidet.

Direkt hinter ihr stand Archibald Belltone, der im Vergleich zu seiner zierlichen Begleitung umso kräftiger und größer wirkte. Obwohl es draußen eher kühl war, standen schon wieder kleine Schweißperlen auf seiner hohen Stirn. »Guten Tag, mein Junge. Ich muss dringend mit Sandra sprechen.«

»Natürlich«, sagte Justus. »Kommen Sie doch herein.«

»Was gibt es?« Dr. Sandler stieg genau in diesem Moment die Treppen hoch. Auf halbem Weg blieb sie verdutzt stehen. »Archie! Was machst du denn hier?«

»Überraschung!«, rief Mr Belltone übertrieben fröhlich und schob sich an der jungen Frau vorbei. »Ich habe unerwartete Neuigkeiten! Das hier ist Tess Zongora, unsere Stipendiatin.«

»Nein!« Dr. Sandler starrte ihn an, als habe er gerade einen misslungenen Witz erzählt. In ihrem Gesicht spiegelten sich Verwunderung, Anspannung und Ärger.

»Doch!«, beteuerte Archibald Belltone. »Sie ist es. Du kennst doch das Foto aus ihrer Bewerbungsmappe.«

Dr. Sandler musterte die junge Frau und nickte matt.

»Ich habe Ihrem Kollegen natürlich auch meinen Ausweis gezeigt«, fügte die Komponistin hinzu. »Die Unterlagen habe ich auch dabei. Es tut mir leid, dass …«

»Nein, Sie brauchen sich doch nicht zu entschuldigen«, empörte sich Mr Belltone, bevor die junge Frau ausreden konnte. »Wir freuen uns, dass Sie da sind.«

Dr. Sandler löste sich aus ihrer Starre. »Natürlich. Aber der Einzugstermin sollte doch von heute auf die nächste Woche verschoben werden.«

»Ja, ja. Das war der Plan.« Mr Belltone zückte ein Stofftaschentuch und tupfte sich gestresst die Stirn ab. »Leider muss da jemandem … also genauer gesagt mir … im Büro wohl ein Fehler unterlaufen sein. So eine Art Zahlendreher … Die junge Dame hat das Fax mit meiner Nachricht daher wohl nicht bekommen.«

»Wer schickt denn heute noch Faxe?« Dr. Sandler sah ihren Kollegen streng an.

Mr Belltone fühlte sich sichtlich unwohl. »Jedenfalls rief

mich Miss Zongora heute überraschend vom Flughafen aus Los Angeles an. Da bin ich gleich los, um sie abzuholen.«

»Herzlich Willkommen in *Fogmire House.*« Dr. Sandler stieg die letzten Treppenstufen hoch. Oben angekommen, hielt sie Tess Zongora ihre Hand hin. »Ich bin Sandra Sandler und bereite gerade das Haus für Sie vor. Es ist hier noch etwas chaotisch, aber wir werden schon eine gute Lösung finden. Zur Not können Sie die ersten Tage in einem hübschen kleinen Hotel an der Küstenstraße wohnen.«

»Nicht nötig«, antwortete Tess Zongora munter. »Hauptsache, das Klavier ist gestimmt. Schlafen kann ich auch auf einer Luftmatratze.«

»Eine Stehparty im Flur – ohne mich?« Unbemerkt von allen war Sax Sandler die Treppen hochgekommen. Er hatte seine Jacke an und seine Taschen geschultert.

»Wer sind Sie denn?«, fragte Mr Belltone.

»Der neue Maler!«, sagte Sax Sandler, bevor seine Exfrau zu Wort kam. »Ich muss aber dringend los. Ehrlich gesagt bin ich schon spät dran. Morgen streiche ich schnell den Rest.«

»Keine vernünftige Arbeitskleidung und keine Arbeitsmoral«, kommentierte Belltone, als Sax an ihm vorbei zur Tür eilte. Dann stutzte er. »Sax? Sax Sandler?«

»Live und in Farbe«, kommentierte Bobs Chef. »Ich muss jetzt aber wirklich los, Arch. Grüß Mozart von mir.«

»Wissen Sie mehr über das Fantasmofon?« Der Zweite Detektiv machte große Augen.

»Natürlich«, rief Mr Watts. »Dieses Gerät war Fenns ganzer Stolz. Und sein Schatz. Niemand durfte erfahren, wo er es aufbewahrte.«

»In einem Geheimraum vielleicht?«, überlegte Peter. »Zum Beispiel in einer versteckten Werkstatt?«

»In so einer Villa vermutet man automatisch geheime Räume, nicht wahr?«, fragte Mr Watts. Er lächelte verschmitzt.

»Irgendwo muss Mr Fogmire seine Apparate doch gebastelt haben«, antwortete Peter.

»Ich glaube, dafür hat er sein Arbeitszimmer benutzt. Und die Requisiten für die Filme hat er alle in Hollywood produziert. Die Firma wurde aber schon vor vielen Jahren geschlossen und das Gebäude gibt es nicht mehr.«

»Dann kommt wirklich nur ein Versteck in der Villa infrage«, sagte Peter.

»Vermutlich«, sagte Mr Watts. »Fenn Fogmire liebte Geheimnisse. Er war ein sehr wunderlicher Mensch, der von einer geradezu kindlichen Begeisterung angetrieben wurde. Über die Jahre sind wir von Nachbarn zu guten Bekannten geworden, vielleicht sogar zu Freunden. Letztes Jahr lud er mich in die Seniorenresidenz ein. Er war bereits sehr krank und gebrechlich und erzählte mir von dem Testament. Er befürchtete, dass Professorin Kapoor ihn nicht ernst nehmen würde, und bat mich, ihn zu unterstützen.«

»Und da hat er Ihnen von einem Geheimraum erzählt?«, fragte Peter hoffnungsvoll.

»Nein, das hat er nicht«, sagte Mr Watts leise. »Es war

anders … aber … es ist eine traurige Erinnerung. Ein paar Tage später ist er gestorben.«

Peter schwieg, während Mr Watts seinen Gedanken nachhing. Eine Weile hörten sie nur das Ticken der Wanduhr.

»Fenn hat mich bei meinem letzten Besuch gebeten, eine Tradition aufrechtzuerhalten. Ich sollte im Herbst leuchtende Kürbisse vor seinem Haus aufstellen«, sagte Mr Watts schließlich. »Das war ihm wichtig.«

»Für Halloween?«, wollte Peter wissen.

»Richtig. Früher haben wir das Fest in der Nachbarschaft groß gefeiert. Ein paar von meinen Sachen stelle ich sogar jetzt noch jedes Jahr draußen vor dem Haus auf. Obwohl keiner mehr kommt.« Der alte Mann lächelte. »Das hättest du damals erleben müssen! Alle Kinder aus der Gegend waren unterwegs. Und Sunyata Kapoor war jedes Jahr mit ihren Eltern da, bis sie zu alt dafür wurde. Die Klingeln standen keine Sekunde lang still. Kleine Geister, Monster und Hexen huschten durch den Canyon und sagten ihre Sprüche auf. Und zum Abschluss ging es zu Mr Fogmire. Fenn schmückte das komplette Haus, stellte Kürbisse auf, verteilte künstliche Spinnweben im Treppenhaus und zündete schwarze Kerzen an. Dabei drang Musik aus allen Räumen, die um Punkt acht Uhr schlagartig verstummte. Dann begann die Show im großen Salon im Erdgeschoss. Erst zog Fenn ein dunkelgrünes Samt-Tuch von einem kleinen Tisch, auf dem ein herrlicher Apparat stand. Dann schaltete er diesen ein, erklärte, dass er nun Kontakt zum Jenseits herstellen würde, und wartete, bis die Glühbirnen am Gerät zu flackern begannen. Kurz darauf schallten geheimnisvolle Stimmen aus einem Grammofontrichter und sangen Lieder über die Welt der Geister. Selbst die älteren Kinder haben den herrlichen Grusel genossen.«

»Das Fantasmofon im Einsatz«, staunte Peter.

Mr Watts schmunzelte. »Er nannte es auch ›sein Geschenk aus der Geisterwelt‹. Für ihn war es ein ganz besonderer Schatz, den er nur mit den Kindern teilen wollte, die an Halloween kamen. Nur sie durften den Zauber aus der Nähe bestaunen. Erwachsenen war das nie vergönnt. Die Begleiter der Kinder mussten ganz hinten im Raum bleiben.«

»Und Sie?«

Mr Watts' Lächeln hatte etwas Trauriges. »Ich bin wohl die Ausnahme. Ich habe früher manchmal meine Nachbarin Laura und ihre Enkel begleitet. Aber das ist schon sehr lange her. Sie ist nicht mehr unter den Lebenden und ihr Haus wurde schon vor Jahren abgerissen. Seltsam, dass ich mich an die Vorführungen trotzdem noch erinnere, als wäre es gestern gewesen.«

»Manchmal ist das so mit besonderen Erlebnissen«, überlegte Peter.

»Besonders war es auf jeden Fall.« Mr Watts nickte. »Die Jungs haben immer wieder davon gesprochen. Der Große hielt Fenn für einen magischen Erfinder, und der Kleine hat behauptet, Fogmire sei mit Pippi Langstrumpf verwandt.«

»*Fogmire House* ist wirklich eine Art Villa Kunterbunt«, fand Peter. »Nur gruseliger und ohne Pferd und Affe.«

»Das stimmt. Etwas unheimlich ist es schon. Aber auch schön. Und Fenn war zwar ein schräger Zeitgenosse, aber herzensgut. Als Laura nach langer Krankheit starb, waren ihre Enkel untröstlich und ich war es auch. Ich habe meine Nachbarin sehr gemocht. Mr Fogmire lud uns ein. Die Kinder durften das Fantasmofon benutzen, obwohl Halloween noch lange hin war. Dieses Mal war die Stimmung im Haus ganz anders. Nicht gruselig, sondern feierlich. Fenn hatte sogar Blumen und ein Foto von Laura aufgestellt, wie bei einer Trauerfeier. Er versprach uns, Kontakt zu ihr herzustellen. Und tatsächlich hörten wir, wie Laura aus dem Trichter sprach. Ihre freundliche, warme Stimme erklärte den Kindern, dass es ihr im Jenseits gut ginge.«

»Es war bestimmt nur ein Trick«, vermutete Peter.

»Das sagt Theodore, der ältere der beiden Brüder, inzwischen auch«, sagte Mr Watts traurig. »Er ist gleich nach dem Studium an die Ostküste gezogen, ruft hin und wieder aber noch bei mir an und wir unterhalten uns. Daher wusste ich auch, dass die Stiftung die Villa mietet. Und … Ach, ich komme vom Thema ab. Ich wollte dir doch eigentlich sagen, dass ich Lauras Stimme eindeutig erkannt habe. Und das ist nicht gelogen.«

»Hat Ihre verstorbene Nachbarin also wirklich zu Ihnen und ihren Enkeln gesprochen?«, fragte Peter verwundert.

»Ich habe keine Ahnung, was wir an diesem Tag gehört haben«, sagte Larry Watts nachdenklich. »Aber für die Jungs war es ein echter Trost. Für mich auch. Und damit war es doch auf jeden Fall real.«

Schall im Rauch

Nach einer kurzen Fahrt parkte Bob seinen Käfer beim Griffith Park, oberhalb von Hollywood. Von hier aus war es nicht weit bis zum *Peterson Museum*. Das eindrucksvolle Gebäude thronte gut sichtbar auf einem grünen Hügel. Die drei ??? hatten hier schon einmal einen Fall gelöst. Seitdem hatte sich anscheinend nicht viel geändert. Nur die Ausstellungen waren neu und damit auch die bunten Plakate am Eingang. Bob meldete sich am Empfang. Kurz darauf erschien eine rundliche junge Frau mit wirren blonden Locken im Eingangsbereich. Sie trug ein T-Shirt mit der Aufschrift »Hier spielt die Musik!«.

»Bist du der Schüler, den ich babysitten soll, während ich mich hier alleine sowieso schon um so ziemlich alles kümmern muss?«, fragte sie, während sie dicht an ihn herantrat. Ihre linke Pupille starrte an seinem Ohr vorbei, während ihr rechtes Auge sein Gesicht musterte.

»Ich bin tatsächlich der Schüler Bob Andrews. Aber ich brauche keinen Babysitter. Ich gehe auf die Highschool.«

»Das höre ich. Du bist schon aus dem Stimmbruch raus.« Die junge Frau legte den Kopf schief und grinste breit. »Ich bin Jenna Mount. Und du wirst heute für mich als Grundschüler herhalten. Ich muss nämlich für den Ernstfall proben.«

»Aha«, machte Bob. »Was für ein Ernstfall?«

»Die Leute vom *Peterson Museum* überlassen uns Uni-Leuten die ganze Arbeit, und die Assistentin von Professorin Kapoor hat sich spontan den Arm geprellt.« Bei den letzten Worten formte sie mit den Händen Anführungszeichen in der Luft, als wäre die Verletzung nur ein Vorwand. »Wenn die Ausstellung startet, darf ich auch noch die Kinderführungen von ihr übernehmen.«

»Okay«, sagte Bob zögerlich.

»Ich weiß, es ist absurd. Als ob man mit einer Prellung am Arm nicht mehr sprechen könnte. Aber so war es schon immer: Die Arbeit bleibt an mir hängen. Nur, weil ich mich wirklich für den ganzen Kram interessiere und das Studium ernst nehme. Andererseits ist es natürlich auch super, dass mir Professorin Kapoor das alles zutraut. Ein Teil der Ausstellung ist schon fertig und ich durfte ziemlich viel mitgestalten. Komm mal mit.« Jenna führte Bob in einen Seitenflügel und begann schon unterwegs, mit einer besonders freundlichen Stimme zu sprechen: »Liebe Kinder …«

Bob verzog leicht die Mundwinkel, sagte jedoch nichts.

»Ich bin Jenna. Und ich kann nur auf einem Auge sehen. Und das nicht mal besonders gut. Dafür kann ich euch alle ganz prima hören, also brüllt bitte nicht so herum.«

Bob war inzwischen auch aufgefallen, dass Jenna sich etwas unsicher bewegte. Jetzt verstand er, warum. Man benötigte beide Augen, um räumlich sehen und Abstände richtig einschätzen zu können. Ein waghalsiger Einbruch mit Kletterpartie kam für die Studentin da wohl eher nicht infrage. Den Weg durch das große Museum fand Jenna aber relativ problemlos und hielt nebenbei noch ihren Vortrag. »Genau darum geht es heute: ums Hören! Willkommen in der Ausstellung *Schall im Rauch*. Warum die so heißt, erfahrt ihr gleich. Vielleicht seid ihr nicht freiwillig hier, aber ich kann euch eine ganze Menge zeigen. Die Uni Ruxton und das *Peterson Museum* haben für die Besucher wichtige Erfindungen aus der Geschichte der Tontechnik aufgebaut.« Jenna hielt vor einem breiten Durchgang an. »Da sind wir auch schon. Los geht es in der Steinzeit … Nein, kleiner Witz. Die Steinzeit war natürlich viel früher. Ihr seht hier Erfindungen aus der Zeit ab 1850. Das ist auch schon ganz schön lange her. Ihr könnt ja mal nachrechnen. Na?« Sie sah Bob aufmunternd an.

»Äh«, machte er.

»Oh, ihr hattet noch nicht den Zahlenraum über hundert?«, fragte Jenna, bevor er auch nur anfangen konnte zu rechnen. »Kein Problem. Wichtig ist nur, dass es damals noch nicht einmal Plattenspieler gab – diese Dinger, mit denen eure Großeltern Musik gehört haben. Trotzdem fanden die Menschen Geräusche sehr spannend und wollten sie gerne erforschen. Dazu muss man wissen, dass Geräusche so etwas wie Wellen in der Luft sind – ähnlich wie die im Meer. Und jetzt schaut euch doch mal dieses Ding hier an. Was könnte das sein?« Jenna deutete auf ein Gerät, das sich aus einem Trichter und einer Rolle mit einer Kurbel zusammensetzte.

»Ein CD-Player aus dem Mittelalter?«, scherzte Bob.

»Nicht ganz.« Jenna schüttelte demonstrativ den Kopf. »Das ist ein Tonaufschreiber, auch *Schweinchenwelle* genannt.«

»Wohl eher die Nachbildung eines ›Phonautographen aus dem Jahr 1860‹«, sagte Bob nach einem Blick auf die Infotafel daneben.

»Du kannst ja schon richtig lesen«, lobte Jenna.

»Ich habe sogar meinen Führerschein.«

Jenna verzog die Mundwinkel. »Du fällst aus der Rolle. Erstklässler haben keinen Führerschein.«

»Können wir wenigstens kurz so tun, als wäre ich ein hochintelligentes Kind?«, bat Bob.

»Na schön.« Jenna lachte. »Korrekt bezeichnet ist das natürlich keine Schweinchenwelle, sondern ein Phonautograph. Édouard-Léon Scott de Martinville hat den Apparat erfunden. Die Schallwellen treffen durch den Trichter auf eine Membran und bringen diese zum Schwingen. Die Schwingungen der Membran übertragen sich wiederum auf eine Schweineborste, die entsprechende Wellen auf diese rauchgeschwärzte Glasrolle kratzt, die währenddessen mit einer Kurbel gedreht wird. So weit klar?«

»Ja«, sagte Bob schnell. »Eine Tonspur im schwarzen Ruß. Daher kommt wohl auch der Name der Ausstellung: *Schall im Rauch*. Aber ist das so besonders?«

»Besonders? Es ist eine Sensation – wenn man bedenkt, wann der Apparat erfunden wurde!«, antwortete Jenna. »Allerdings hat man erst vor ein paar Jahren herausgefunden, wie spektakulär der Phonautograph wirklich ist. Wissenschaftler kamen auf die Idee, die Kratzer aus dem Ruß mit Computertechnik wieder in Töne umzuwandeln. Und das hat funktioniert. Jetzt vermutet man, dass Scott de Martinville damit die ersten Audioaufzeichnungen der Weltgeschichte gemacht hat. Warte mal.« Sie tastete nach einem Knopf, der sich an einem kleinen grauen Kasten neben dem Apparat befand. »Jetzt hörst du ein Stück Weltkulturerbe.«

Schon erklang eine gesungene Melodie aus einem winzigen Lautsprecher. Etwas schräg und verzerrt, aber verständlich. Es war ein altes, französisches Volkslied mit Namen »Au clair de la lune«. Bob lief ein Schauer über den Rücken. Er wusste selbst nicht, weswegen. Vielleicht, weil diese zittrige Stimme all die Jahre in Form von Linien auf dem schwarzen Glas überdauert hatte, bevor sie wieder klingen durfte. Die Stimme eines Menschen, der vor anderthalb Jahrhunderten gelebt hatte. Noch dazu war es schwer zu sagen, ob da ein Mann oder eine Frau sang.

Jenna schien zu ahnen, worüber Bob nachdachte. »Es ist vermutlich der Erfinder selbst. Nur konnte man die Geschwindigkeit, mit der die Walze damals gedreht wurde, nicht genau festlegen. Je langsamer man es abspielt, desto tiefer wird die Stimme.«

»Ziemlich beeindruckend«, fand Bob. Er musste an den

Anrufer aus der letzten Nacht denken. Justus hatte die Stimme ebenfalls weder einem Mann noch einer Frau zuordnen können. Aber das lag vermutlich eher am Einsatz moderner Technik zur Stimmverzerrung.

»Und weiter geht es!« Jenna steuerte das nächste Gerät an. »Der Phonautograph ist leider nicht antik, sondern nur eine Nachbildung. Genauso ist es bei dem Phonographen hier.«

»Ziemlich viele Geräte mit der Silbe *Phon*«, fand Bob.

»Übersetzt aus dem Griechischen bedeutet das Ton oder Stimme«, erklärte Jenna. »Kommt auch in Xylofon, Grammofon oder dem Telefon vor. Der Phonograph war das erste Gerät, das nicht nur aufnehmen, sondern auch abspielen konnte. Und anstelle von Ruß wurde eine Wachsrolle verwendet.«

»Wachs?«, fragte Bob interessiert nach.

»Die Tonrillen werden in das weiche Material reingeritzt«, erklärte Jenna. »Bei den Kindern nenne ich das dann *Schallplatten-Kerze*. Aber vielleicht haben die auch keine Ahnung, was Schallplatten sind. Dann verstehen die das nicht.«

»Ich kenne Schallplatten«, erwiderte Bob.

»Hier ist es jetzt noch ziemlich leer«, sagte Jenna, als sie den nächsten Raum betraten. »Wir wollen die Entwicklung des Telefons zeigen. Aber da muss noch viel aufgebaut werden und wir brauchen erst mal passende Sicherheits-Vitrinen. Professorin Kapoor und Ria, ihre Assistentin, mussten ganz schön herumtelefonieren und Überzeugungsarbeit leisten, um Sammler zu finden, die uns einzigartige Originale zur Verfügung stellen.«

»Die sind wohl sehr wertvoll«, überlegte Bob.

»Na klar«, sagte Jenna. »Objekte aus der Pionierzeit der großen Erfindungen sind für Museen, Sammler und Wissenschaftler etwas Besonderes. Davon trennt sich niemand gern. Selbst, wenn es nur eine Leihgabe ist.«

»Hättest du auch gerne das erste Telefon der Welt?«

Jenna winkte ab. »Mir reicht mein Handy. Ich interessiere mich allerdings auch nicht so sehr für die Stars unter den Erfindern, sondern eher für die verkannten Genies.«

»Leute wie Fenn Fogmire?«

Jenna lachte. »Nein. Professorin Kapoors Großonkel war doch kein Genie! Ich befasse mich mit Wissenschaftlerinnen, die im Schatten ihrer Väter, Ehemänner und Brüder bedeutsame Forschungen betrieben und dafür meist wenig Anerkennung erhalten haben.«

»Wer denn zum Beispiel?«

»Die Namen werden dir nichts sagen.« Jenna betrat den nächsten Raum. »Wie schon erwähnt, es handelt sich durchweg um verkannte Genies, die bis heute unbeachtet geblieben sind.«

»Ah, das hier wird wohl der Kinderbereich.« Bob wies auf eine Ecke mit einem niedrigen Tisch und einer bunt bedruckten Kiste.

»Einer von mehreren.« Jenna ging in die Hocke und zog etwas aus der Kiste hervor. »Das Büchsentelefon mit der Schnur kannst du gerne ausprobieren. Halt dir mal den einen Becher ans Ohr.« Jenna hielt sich den anderen Becher vor den Mund und spannte das Seil, das zwischen beiden Behältern befestigt war. »HÖRST DU MICH?«

»Beinahe etwas zu laut.«

Sie sprach etwas leiser in die Blechdose auf ihrer Seite: »Ich schreibe eine Arbeit über Frauen, die zwischen 1850 und 1900 Erfindungen entwickelt haben. Es ist nicht gerade leicht, da genügend Material aufzutreiben. Aber Professorin Kapoor hat neulich alten Kram aussortiert. Darin habe ich spannende Tagebücher einer Erfinderin aus England entdeckt.«

»Nett«, sagte Bob. Damit meinte er das Büchsentelefon, aber Jenna verstand ihn komplett falsch.

»Nett? Ja klar. Das haben die Männer damals bestimmt auch zu den Erfindungen gesagt.« Jennas Stimme klang wütend.

»So habe ich das eigentlich ...«, begann Bob.

»Selbst Männer wie Fenn Fogmire sind offenbar interessanter als Frauen wie Charlotte Ashwood«, schimpfte Jenna in die Dose. »Schließlich war die nur Kindermädchen und Hauslehrerin im Haus ihres Bruders. Der war übrigens auch Wissenschaftler und hat einige ihrer Forschungen und Experimente unter seinem Namen veröffentlicht. Fies, oder?«

»Ja, stimmt.« Bob ließ seine Dose sinken. »Genau genommen ist das sogar Diebstahl.«

»So sehe ich das auch. Danach hat sie jedenfalls nur noch heimlich weitergeforscht.«

»Bei dem Fall kommt die Aufklärung über hundert Jahre zu spät«, sagte Bob. »Aber vielleicht kannst du mit deiner Arbeit dafür sorgen, dass sie doch noch den Ruhm bekommt, den sie verdient.«

»Ja, das ist mein Plan«, sagte Jenna eine Spur versöhnlicher.

»Ich kann die Tagebücher leider nicht gut lesen wegen meiner Augen. Die Texte sind lang und die Wörter bestehen aus winzigen, verschnörkelten Buchstaben. Auf Dauer kriege ich davon Kopfschmerzen und komme nur langsam voran. Aber ich denke, dass ich Professorin Kapoor bald erste Ergebnisse vorlegen kann.«

»Ich drücke dir die Daumen«, versprach Bob.

Jenna nahm ihm das Dosentelefon ab und legte es wieder in die Kiste. »Die Apparate von Fenn Fogmire befinden sich in der nächsten Kinderecke. Da kannst du dann auch die Sprechblumen ausprobieren.«

Bob grinste. »Die Dinger, die es auch auf Spielplätzen gibt?«

»Du bist ein Fachmann!« Jenna hob beide Daumen hoch.

Peter stieg die Treppen zu *Fogmire House* hinauf. Wenn er darüber nachdachte, war es wirklich eine Villa Kunterbunt. Dieser Gedanke ließ das Gebäude auch gleich weniger bedrohlich erscheinen. Der Zweite Detektiv stellte sich vor, wie Mr Watts mit den beiden Brüdern vor vielen Jahren hergekommen war, um deren Großmutter noch einmal zu hören. Und er dachte an die Halloween-Abende, an denen verkleidete Kinder hier ihre Sprüche aufgesagt und eine ganz besondere Show erlebt hatten.

Peter war so in Gedanken versunken, dass er die Gestalt am Hang erst bemerkte, als sie sich bewegte. Er zuckte zusammen. Wer schlich da oberhalb des Hauses herum? Die Person war nicht viel größer als Justus, aber viel schlanker. Dr. Sandler konnte es nicht sein. Die hatte lange, blonde Haare. Die Gestalt am Hang war dunkelhaarig. Und sie schaute prüfend auf die Villa hinab, so als suche sie etwas.

»Zierlich und sportlich«, flüsterte Peter kaum hörbar. War der Einbrecher etwa zurückgekommen? Alles sprach dafür. Und so, wie es aussah, handelte es sich wirklich um eine Einbrecherin. »Na warte«, zischte der Zweite Detektiv. »Dieses Mal erwische ich dich!«

Die Rätselkerze

Die Person hatte ihn noch nicht gesehen. Das verschaffte Peter einen Vorteil. Leise wie eine Raubkatze schlich er über die versteckten Stufen im Gestrüpp. Von Nahem erkannte er, dass es sich wirklich um eine Frau handelte. Passenderweise hatte sie sich gerade umgedreht und schaute vom Haus weg. Die Gelegenheit war günstig.

»Stehen bleiben!«, rief Peter und sprang auf sie zu.

Sie fuhr mit Schwung herum, riss reflexartig die linke Hand zur Deckung vors Gesicht und zog gleichzeitig mit dem rechten Arm gerade durch. Peters Füße berührten gerade erst wieder den Boden, als ihre Faust schon auf seiner Nase landete.

Der Zweite Detektiv schrie auf.

»Hilfe!«, brüllte die Frau in sein Geschrei hinein. »Hilfe!«

Jemand erschien beim Hauseingang. »Miss Zongora!«

»Just?« Peter sah zu seinem Freund hinab.

»Ich wurde überfallen!«, rief die Frau dem Ersten Detektiv entgegen. »Ruf die Polizei!«

»Ja genau!«, bekräftigte Peter lautstark. »Ruf die Polizei!«

»Nicht nötig«, kam es von Justus. »Keine Sorge, Miss Zongora. Peter gehört zu uns. Er arbeitet auch für Dr. Sandler.«

»Miss Zongora?« Nun war Peter vollkommen verdattert. Seine Nase pochte unangenehm.

»Ich bin Tess Zongora, die Stipendiatin.« Die junge Frau rückte ihre schwarze Brille zurecht. »Ich wollte mir die Umgebung von *Fogmire House* ein wenig ansehen.«

»Es tut mir leid«, sagte Peter zerknirscht. Das war schon die zweite falsche Einbrecherin innerhalb von zwei Tagen. Wenigstens hatte er die Komponistin nicht zu Boden gerissen.

»Peter! Brauchst du ein Taschentuch?«, rief Justus von unten.

»Oh«, machte Peter. Er hatte nicht einmal bemerkt, dass er schon wieder blutete – ausgerechnet auf das frische Sportshirt, das er heute Morgen angezogen hatte. Tess Zongora war jedoch auch nicht ohne Blessuren davongekommen. Sie rieb sich die rechte Hand, anschließend bewegte sie vorsichtig jeden Finger. Peter sah, dass ihre Knöchel stark gerötet waren. Drum herum zeichneten sich blau-grüne Schatten ab. Einige waren älter, andere wirkten frisch.

»Sie schlagen wie eine Profiboxerin«, bekannte Peter. »Perfekte Deckung und optimaler Schwung.«

»Kickboxen ist mein Hobby«, verriet sie leise. »Aber das erzähle ich nicht herum. Es passt nicht zu dem Bild, das die Leute von Komponistinnen und klassischer Musik haben.«

»Ich hoffe, Ihre Hand hat nicht zu viel abbekommen.«

»Ich werde die Knöchel besser ein bisschen kühlen.«

»Dann sollten wir zurück ins Haus gehen«, schlug Peter vor.

Sie kletterten nacheinander die Stufen hinab zum Eingang.

»Hier.« Justus hielt seinem Freund ein Taschentuch hin.

»Darf ich fragen, weswegen du mich überhaupt angegriffen hast?«, fragte Miss Zongora.

»Ich habe Sie für einen Einbrecher gehalten«, gestand Peter kleinlaut. »Das passiert mir gerade häufiger.«

»Machen Sie sich deswegen keine Gedanken«, sagte Justus. Doch damit konnte er die Komponistin nicht überzeugen.

»Da steckt doch noch mehr dahinter, oder?« Tess Zongora sah ihn forschend an.

Justus zögerte. Peter hielt sich lieber zurück und tupfte gründlich seine Nase ab. Nicht, dass er etwas Falsches sagte und Miss Zongora deswegen noch panisch abreiste oder sich bei der Stiftung beschwerte. Gleichzeitig konnten sie ihr die wichtigsten Informationen auch nicht vorenthalten. Die junge Komponistin sollte immerhin in der Villa wohnen und war damit direkt von dem Einbruch und dem Spuk betroffen.

»Es gab eventuell einen Einbruch in die Villa«, erklärte Justus nach kurzer Überlegung. »Die Polizei ist aber schon eingeschaltet. Jedenfalls kümmern wir uns gerade um die Sicherheit. Wenn Sie möchten, wird Dr. Sandler Ihnen ein Hotelzimmer buchen, bis alles geklärt ist. Dann müssen Sie sich keine Sorgen machen.«

»Ich mache mir keine Sorgen«, versicherte Tess Zongora.

»Sie können sich ja auch gut wehren«, sagte Peter leise und die Komponistin lächelte ihm unauffällig zu.

»Das hier sind die Exponate von Fenn Fogmire«, erklärte Jenna unterdessen im Museum.

»Die machen echt was her.« Bob betrachtete einen seltsamen Apparat. »Ein Trichter, ein Bunsenbrenner, Röhren, Glaszylinder und eine glänzende Uhr.«

»Barometer«, korrigierte Jenna.

»Klar, aus einer Wetterstation.« Jetzt hatte Bob es auch erkannt. »Ein Gerät zum Luftdruckmessen.«

»Ursprünglich ja«, sagte Jenna. »Aber Fogmires Konstruktion ist ein *Emotiometer*. Das Ding soll die Gefühle der Menschen messen, nicht das Wetter«, sagte Jenna verächtlich.

»Es steht auf 1010 hPa«, las Bob ab.

»Die Abkürzung steht für Hektopascal.«

»Und wie fühlt man sich bei diesem Wert?« Bob grinste. »Heiter bis wolkig?«

Jenna schnaubte erneut. »Das Ding ist ein sinnloses Konstrukt aus Erfindungen, die andere Menschen gemacht haben. Nicht gerade originell.«

»Weißt du zufällig, wo die Sprachaufnahme ist, die Fenn Fogmire Professorin Kapoor hinterlassen hat?«, fragte Bob. »Sie hat mir angeboten, den Text anzuhören.«

»Fogmires Rätselkerze?«, fragte Jenna.

»Kerze?«, fragte Bob verwundert zurück.

Jenna lachte. »Es ist eigentlich nur ein Zylinder aus dunklem Wachs, wie sie damals bei den ersten Tonaufnahmen verwendet wurden.«

»Und ist der hier?«

»Vermutlich. Komm mal mit in den Lagerraum.« Sie zog einen Schlüsselbund hervor, wies auf eine Tür mit der Aufschrift *Nur für Mitarbeiter* und schloss auf. »Du musst mir etwas helfen«, sagte Jenna. »Ordnung geht anders.«

Bob sah sich angestrengt um. Im Lager befanden sich mehrere Kästen mit Mineralwasser, Büromaterial und einige vollgestellte Klapptische. Am Boden standen zusätzlich noch geöffnete Kisten. Er durchsuchte jede einzelne, aber erst in der letzten fand er ein längliches Ding, das tatsächlich an eine Kerze erinnerte.

»Gib mal her.« Jenna streckte ihre Hand aus. Dann steuerte sie ein seltsames Gerät mit einem kleinen Trichter und einer Kurbel an, das auf einem Klapptisch stand. »Das ist ein nachgebauter Phonograph.«

»Das war das Ding, das aufnehmen und abspielen konnte, richtig?«, fragte Bob.

»Ganz genau.« Jenna beugte sich vor und tat irgendetwas mit dem Wachszylinder. »Der muss hier in die Mitte. Ich hab's gleich …«

Kurze Zeit später war alles richtig eingestellt und Jenna drehte an der Kurbel. Es knackte und rauschte und dann erklang eine männliche Stimme – etwas leiernd und verzerrt, aber gerade noch zu verstehen.

»Verehrte Sunyata, ich bin ins Jenseits gegangen, aber das Wachs konserviert meine Worte. Ein Geist bittet um Gehör! Das wahre Meisterwerk wartet in meinem Haus auf dich und es funktioniert! Begib dich auf die Suche und lüfte das Geheimnis

der sprechenden Lichter. Die Produkte aus Volt und Ampere sind der Schlüssel zur Geisternacht. Willst du in dieser Geschichte die Hauptrolle spielen, muss die Zeit stimmen. Dann kannst du den Knopf drücken und die Stimmen der Verstorbenen hören. Das Licht muss scheinen, die Worte sollen klingen und das Wunder soll sichtbar werden – ausgestellt für die ganze Welt.«

»Verstehst du das?«, fragte Bob, als die Wiedergabe in einem Knistern endete.

»Es ist manchmal etwas undeutlich«, gab Jenna zu. »Man weiß nie, ob der jetzt *Stimme* oder *Stimmen* sagt. Aber falls du den Inhalt meinst: Da verstehe ich nur Bahnhof. Ich bin allerdings auch nicht Professorin Kapoor.«

»Klingt so, als würde er wirklich daran glauben, dass sein Fantasmofon funktioniert«, fand Bob. »Und Professorin Kapoor soll diese Sensation öffentlich machen.«

»Geht ja schlecht, wenn das Ding versteckt ist.« Jenna zuckte mit den Schultern. »Das hat alles nur dafür gesorgt, dass sie ein schlechtes Gewissen hat und den anderen Krempel ihres Onkels in der Ausstellung zeigt.«

»Kannst du es trotzdem noch einmal abspielen?«, bat Bob. »Dann nehme ich es mit dem Handy auf.«

Jenna ließ Bob in Ruhe seine Aufnahme machen. Danach wurde er sanft, aber bestimmt zur Tür geschoben. Die Studentin wechselte prompt wieder in die übertrieben freundliche Tonlage der Grundschul-Führung. »Liebe Kinder, das war es nun mit der aufregenden Welt der Geräusche. Eure Jenna hat jetzt Pause und ihr dürft gleich die Freiheit genießen. Vorher geht ihr aber alle hübsch brav im Erdgeschoss aufs Klo und dann folgt ihr eurer Lehrerin nach draußen. Ich wünsche euch einen schönen Tag.«

»Haha«, machte Bob.

»Die WCs für kleine Jungs befinden sich auf der linken Seite«, sagte Jenna. »Und bitte nicht im Stehen pinkeln.«

»Jetzt erst recht!«, knurrte Bob. Aber dann musste er doch noch grinsen.

Dr. Sandler bestellte Essen bei einem Lieferdienst. Peter und Justus hätten sich auch mit Pizza begnügt, aber ihre Auftraggeberin orderte Platten mit italienischen Vorspeisen und Hauptgerichte mit viel Gemüse. Anschließend zog sich Miss Zongora zurück, um das zweite Gästezimmer über dem Salon für sich einzurichten.

Dr. Sandler und die Jungen hatten ihre eigenen Schlafsachen noch nicht wieder gepackt. Obwohl es keinen offiziellen Grund gab, weiterhin in der Villa zu übernachten, wollten sie natürlich noch nicht abreisen.

Archibald Belltone machte ebenfalls keine Anstalten, wieder aufzubrechen. »Ich bleibe noch etwas, falls … es noch irgendwelche Aufgaben gibt.«

»Ich auch«, sagte Dr. Sandler schnell. »Zumindest bis Miss Zongora alles hat, was sie benötigt.«

»Wir machen jetzt den Abwasch und suchen dann noch einmal nach dem Ring, Dr. Sandler«, versprach Justus schnell, bevor Mr Belltone auf die Idee kommen konnte, dass die Jungen im Haus nicht mehr benötigt wurden. Sie trugen die Teller zur Spüle, ließen Wasser ein und schalteten das altmodische Radio in der Küche an.

»Wie machen wir weiter?«, fragte Peter, als er den ersten Teller in das schaumige Wasser tauchte.

»Du hast draußen nichts gefunden, oder?«

»Keine brauchbaren Spuren«, bestätigte Peter. »Aber ich war bei einem Nachbarn und das war sehr interessant!«

»Ich bin ganz Ohr«, sagte Justus und trat dicht neben ihn.

Während ein Teller nach dem nächsten auf dem Abtropfregal landete, erzählte Peter, was Mr Watts von den Halloween-Abenden bei Fenn Fogmire erzählt hatte.

»Und ich glaube jetzt wirklich, dass der Einbrecher nach diesem Geheimversteck sucht, um das Fantasmofon zu finden«, schloss Peter seinen Bericht. »Es scheint ein Wunderwerk gewesen zu sein.«

»Ich muss wissen, was Bob bei Professorin Kapoor herausgefunden hat.« Justus begann, ein Glas abzutrocknen. »Wir sollten ihn anrufen. Aber nicht von hier aus. Wir machen gleich einen Spaziergang.«

Schrille Töne

Bob litt Höllenqualen. Er war direkt vom Museum zu der Probe der »ungewöhnlichen« Band gefahren. Wie sich herausstellte, machte diese nicht nur ungewöhnliche, sondern auch unerträgliche Musik. Nach dem Motto »Eine Blockflöte ist nie genug« tröteten sie hemmungslos dreistimmig zu Schlagzeug und Keyboard. Selbst die Flötengruppe der Grundschule aus Rocky Beach klang besser, wenn sie an Weihnachten von Haus zu Haus zog. Als sein Handy klingelte, war Bob heilfroh, den Raum verlassen zu können.

»Wir sind es!«, rief Peter. »Justus hat auf Lautsprecher gestellt. Er kann also mithören.«

»Bitte nicht so schreien, ich habe eh schon ein ziemliches Schrillen im Ohr«, beschwerte sich Bob.

»Unseretwegen?«, fragte Peter verwundert.

»Nein, die Band ist … sehr speziell.«

»Dann brich die Sache ab und komm zu uns«, sagte Peter. »Du ahnst ja gar nicht, was inzwischen alles passiert ist. Ich war zu Besuch bei einem alten Nachbarn. Der heißt Mr Watts und er weiß richtig viel über das Fantasmofon. Außerdem …«

»Moment«, mischte sich Justus ein. »Zuerst möchte ich wissen, ob Bob in Ruxton erfolgreich war.«

»Ich glaube schon«, sagte der dritte Detektiv. »Es gibt eine Tonaufzeichnung von Fogmire. Auf so einer Art Klangkerze mit einer Botschaft an seine Erbin.«

»Mit einem Rätsel?«, fragte Peter sofort.

»Leider ja«, sagte Bob. »Es geht um das Meisterwerk und die Suche danach. Aber wenigstens ist es kein Gedicht. Ich schicke euch eine Aufnahme davon. Dann könnt ihr euch selbst ein Bild machen. Oder besser gesagt einen Ton.«

Obwohl der Sprachwitz nicht gerade lustig gewesen war, musste Peter lachen.

Justus blieb ernst. »Weißt du, wie viele und welche Leute die Aufnahme gehört haben könnten?«

»Keine Ahnung. Sie befand sich bis vor Kurzem bei Professorin Kapoors Sachen und liegt jetzt in einem Lager im Museum. Ein paar Mitarbeiter der Uni haben Zugang dazu und vielleicht noch Leute vom Museum. Ich habe dort aber nur eine Studentin namens Jenna kennengelernt.«

»Dann ist sie unsere Hauptverdächtige«, sagte Peter.

»Eher nicht«, sagte Bob. »Zumindest kommt sie als Einbrecherin nicht infrage. Sie ist auf einem Auge blind und kann auf dem anderen nur eingeschränkt sehen. Das war definitiv nicht gespielt. Dazu passt weder die Klettertour vom Einbruch noch die gezielte Flucht bei Nacht. Außerdem habe ich noch von einer Assistentin gehört, die für Professorin Kapoor arbeitet. Sie heißt Ria und hat auch mit der Ausstellung zu tun. Den Nachnamen kenne ich nicht. Angeblich hat sie sich gerade den Arm verletzt.«

»Beim Kampf mit mir«, entfuhr es Peter.

Bob stutzte. »Hast du die Person denn so hart erwischt?«

»Nein«, gab Peter kleinlaut zu. »Sie mich.«

»Könntest du diese Ria dennoch überprüfen?«, fragte Justus.

»Wird sofort erledigt«, versprach Bob. Er konnte es gar nicht erwarten, endlich von den Flöten wegzukommen.

»Reis und Nudeln aus dem letzten Jahrhundert!« Dr. Sandler wühlte in der Speisekammer herum, als die Jungen von ihrer Besprechung mit Bob zurückkamen. »Das hätte Archie wirklich schon mal entsorgen können.«

Der Wasserkessel pfiff schrill. Peter zuckte zusammen. Dr. Sandler eilte zum Herd. Sie sah besorgt aus. »Ich möchte Miss Zongora auf einen Tee ins Speisezimmer bitten. Wir müssen ihr wohl von dem Einbruch und dem Spuk erzählen. Und Archie sollte es auch erfahren. Er ist noch unten und spielt Klavier.«

»Ich höre nichts«, sagte Justus.

»Seltsam.« Dr. Sandler blieb unschlüssig stehen. »Vielleicht mag einer von euch ihn holen. Es ist besser, wenn ich ihm reinen Wein einschenke, bevor wir mit Miss Zongora reden.«

»Ich gehe schon.« Peter trabte auf den Flur. Klavierspiel war im Haus nicht mehr zu hören, dafür aber eine männliche Stimme. Sie kam erstaunlicherweise nicht aus dem Salon, sondern aus dem Speisezimmer. Der Zweite Detektiv blieb vor der halb geöffneten Tür stehen. Archibald Belltone telefonierte mit jemandem. Seine Stimme hallte merkwürdig nach. Verwundert trat Peter ein paar Schritte vor und blickte in das Zimmer. Es war leer. Dann begriff er: Mr Belltone befand sich nicht hier oben, sondern nach wie vor im untersten Hausteil. Die Stimme drang wieder einmal aus den Lampen. So, wie in der Bibliothek. Der Zweite Detektiv lauschte.

»Ich freue mich riesig, wenn ihr beide kommt!«, dröhnte Mr Belltone gerade. »Abgesehen davon mache ich auch schon fleißig Werbung für deinen Auftritt als Knusperhexe!«

Peter erinnerte sich daran, dass Mr Belltone von seiner Schwägerin erzählt hatte, die bei »Hänsel und Gretel« auftrat. Offenbar telefonierte er gerade mit ihr.

»Ja, sicher. Für dich und Ted nehme ich mir doch immer frei, aber deswegen rufe ich nicht an … Wie bitte? Der Empfang ist leider nicht sonderlich gut. Ich bin noch in *Fogmire House* und … ich mache mir Sorgen.« Archibald Belltone räusperte sich verlegen. »Ich weiß, dass du nicht an Geister glaubst, aber Ted kann bezeugen, dass ich neulich etwas gehört habe – letzte Woche, an dem Abend, als ich noch mal nach dem Fantasmofon suchen wollte. Jedenfalls habe ich Ted gleich vom Flur aus angerufen … Nein, das habe ich deinem Mann auch schon gesagt. Es war kein Waschbär. Die machen doch kein heiseres Husten. Und das kam auch noch mitten aus dem Nichts! Es schwebte oben im Flur durch die Luft … Ja, unsichtbar!«

Peter versuchte, sich einen Reim auf das Gespräch zu machen. Im Arbeitszimmer, gegenüber der Eingangstür, befand sich eine der Lampen, die mit dem Rohrsystem verbunden waren. Hatte Mr Belltone das Husten aus einer der unteren Etagen gehört und es für eine Geisterstimme gehalten?

»Kurz nachdem Ted und ich aufgelegt hatten, begann eine Stimme etwas über das Totenreich zu flüstern … Natürlich bin ich sofort weggegangen! Ich bin ja nicht lebensmüde. Und Hilfe habe ich mir auch geholt, aber genau das ist ja das Problem.« Mr Belltones Stimme klang nun gequält. »Es ist alles so kompliziert. Ich glaube, ich habe mich in eine sehr unangenehme Position gebracht.«

Die Person am anderen Ende redete nun anscheinend eine längere Zeit und Mr Belltone schwieg. Schließlich gab er einen beleidigten Laut von sich. »Ich bin weder verrückt noch leichtgläubig und …« Er flüsterte beinahe und Peter bekam den Rest des Satzes nicht mehr mit. Eilig ging er näher an die Lampenkelche heran. »Joanne van Sinclair ist eine professionelle Paratronikerin – das ist so etwas wie eine Elektrikerin für paranormale Erscheinungen … Nein, das ist kein anerkannter Beruf, aber … Ja, ihre Werbung klemmte an meinem Auto, hinter meinem Scheibenwischer … Nein, ich musste in diesem Fall keine Vorauszahlung leisten, obwohl sie sogar bereits tätig geworden ist. Und bei Erfolg bekomme ich eine Rechnung für Elektroarbeiten von ihr. Die kann die Stiftung dann sogar von der Steuer absetzen. Und sie war schon zweimal da, aber wir sind nicht fertig geworden und jetzt ist das Haus voller Leute!«

Wieder sprach die Person am anderen Ende der Leitung. Peter war nun so nah an dem Lampenkelch, dass sein Ohr beinahe das Glas berührte.

»Du weißt nicht, wie es ist, wenn einen alle auslachen.« Archibald Belltone seufzte tief. »Nach der Schulzeit habe ich mir geschworen, niemandem mehr leichtfertig von der Welt der Geister zu erzählen. Sandra Sandler ist eine wunderbare Person und ich denke auch, dass ich mir ihr reden muss. Aber sie hat drei Detektive engagiert und diese Jungs wissen offenbar mehr. Am Ende geht es denen auch um das Fantasmofon. Ich weiß wirklich nicht, wem ich hier noch trauen kann! … Wir hören besser auf. Ich rufe Ted später von zu Hause aus an.«

Kaum hatte Mr Belltone das Gespräch beendet, eilte Peter in die Küche. Auf einem grünen Holztisch stand schon ein Tablett mit Keksen, Tassen und der Teekanne.

»Wo ist Archie?«, fragte Dr. Sandler.

»Er weiß Bescheid!«, platzte Peter heraus. »Und er hat eine Geister-Elektronikerin gebucht und –« Der Zweite Detektiv hielt mitten im Satz inne. Im Flur erklangen Schritte, die sich näherten.

Miss Zongora kam zur Tür herein. Als sie das Tablett sah, lächelte sie. »Da komme ich wohl gerade richtig.«

»Fangen Sie doch schon an«, sagte Justus rasch. »Wir müssen noch schnell etwas erledigen.« Er warf Dr. Sandler einen eindringlichen Blick zu. »Keine Sorge, Sie bekommen Ihren Ring noch heute zurück.«

»Ja«, fügte Peter hinzu. »Wir haben eine ganz heiße Spur!«

Niemand!

Peter und Justus verließen *Fogmire House* durch die Eingangstür und stiegen die versteckten Stufen hinauf bis zu dem alten Weg.

»Das mit der heißen Spur war zu übertrieben«, tadelte der Erste Detektiv. »Miss Zongora hat ganz verwirrt geguckt.«

»Sie soll doch eh gleich die Wahrheit erfahren«, verteidigte sich Peter.

»Schon gut«, lenkte Justus ein. »Ich würde jetzt aber gern wissen, was du da eben in der Küche erzählen wolltest.«

»Ich habe ein Telefonat zwischen Mr Belltone und seiner Schwägerin belauscht.« Peter versuchte, mit knappen Worten das Wichtigste zusammenzufassen.

»Interessant«, sagte Justus, als sein Freund fertig war.

»Meinst du, dass Mr Belltone genau an dem Abend ins Haus kam, als der Einbrecher durchs Fenster stieg?«, überlegte Peter.

»Wenn du die Spuren im Garten richtig gedeutet hast, könnte es zeitlich hinkommen«, sagte der Erste Detektiv.

»Der Einbrecher war schon im Haus, hat sich mit einem

Husten verraten und dann belauscht, wie Mr Belltone oben im Flur mit seinem Bruder telefoniert hat.« Peter wippte auf den Fußballen auf und ab. Er brauchte Bewegung, um nachzudenken. »Danach hat er versucht, Mr Belltone mit Spukgeräuschen zu verjagen.«

»Das ist nur eine Theorie, aber sie klingt plausibel«, sagte Justus. »Was wir sicher wissen, ist, dass Archie selbst nach dem Fantasmofon sucht. Und wir wissen, dass er jemanden engagiert hat.«

»Eine Paratronikerin«, sagte Peter.

»Es gibt keine Paratroniker.«

»Bist du dir da ganz sicher?«, fragte Peter.

»Ja. Und zudem: Mr Belltone hört unheimliche Stimmen und kurz darauf klemmt die passende Werbung an seinem Auto. Das ist doch mehr als verdächtig.«

Peter stutzte. »Meinst du, er hat dieser Frau sogar den Schlüssel für die Villa gegeben? Ob die auch das Fantasmofon will?«

»Diese Frau ist das große Fragezeichen in unserem Fall«, sagte der Erste Detektiv. »Steckt sie hinter dem ersten Einbruch? Ist sie auch für den Spuk verantwortlich? Und für den Anruf gestern Nacht? Hat sie danach versucht, erneut ins Haus zu gelangen? Und wenn ja, was ist ihr Motiv?«

»Wenn sie das wirklich alles war, müsste sie jetzt tierisch sauer sein«, sagte Peter. »Das Haus ist voller Menschen. Erst war es nur Dr. Sandler, dann kamen wir dazu und jetzt auch noch Tess Zongora. Die Paratronikerin kann die Suche nach dem Fantasmofon vergessen.«

Justus sah besorgt aus. »Die Identität dieser Frau muss schnellstens geklärt werden.«

»Dann sollten wir direkt Mr Belltone danach fragen«, schlug Peter vor.

Justus' Handy klingelte, bevor der Erste Detektiv antworten konnte. Er warf einen Blick auf das Display. »Eine Umleitung unserer Firmennummer. Sax ruft an.«

»Was will der denn?«

»Lauf schon mal ins Haus«, sagte Justus, während er das Gespräch annahm. »Ich komme gleich hinterher.«

Als Peter durch die angelehnte Haustür wieder in die Villa eintrat, war es dort unerwartet still. Seine Schritte hallten gespenstisch durch den Flur. Auch auf dem Weg nach unten wurden keine Stimmen hörbar.

»Hallo?«, rief er. Keine Antwort.

Im Speisezimmer standen die benutzten Tassen, der Keksteller und die Teekanne. Aber auch hier war niemand.

»Hallo!«, rief er erneut. Keine Reaktion.

Mit klopfendem Herzen eilte Peter die letzte Treppe hinunter und öffnete die Tür zum Salon. Auch dieser Raum war verlassen. Aber das konnte doch nicht sein! Dr. Sandler, Archibald Belltone und Tess Zongora konnten nicht einfach verschwunden sein. Drei Menschen lösten sich nicht spurlos in Luft auf!

Der Zweite Detektiv rannte die Treppen wieder hoch und klopfte an den Türen. »Hallo? Dr. Sandler! Hören Sie mich?«

Er wollte gerade die Treppe zu den Gästezimmern hinablaufen, als der Schrei einer Frau erklang. Ein dumpfes Poltern folgte. »Miss Zongora?«, rief Peter.

»Peter?«, schallte die Stimme durch das Haus. Sie klang vollkommen verstört. »Du musst mir helfen. Sie hat …«

Wieder polterte es. Dann wurde es schlagartig still. Viel zu still. War das aus der Bibliothek gekommen?

»Miss Zongora?« Peter rannte hin und riss die Tür auf. Fehlanzeige. Er musste zu Justus. Der würde wissen, was zu tun war.

Als er zum Ausgang sprintete, beruhigte der Zweite Detektiv sich etwas. Er musste nur eine Stufe nach der anderen hochlaufen, aus der Tür gehen und Justus finden …

»Bleib!«, tönte eine unheimliche Stimme durchs Haus.

Peter beschloss, nicht hinzuhören.

»Peter Shaw!«, zischte die Stimme.

Der Zweite Detektiv gefror regelrecht in der Bewegung.

»Bleib, Peter Shaw. Niemand ruft nach dir!«

»Wer sind Sie?«, rief Peter. Seine Stimme zitterte so sehr, dass es ihm unter anderen Umständen peinlich gewesen wäre.

»Ich bin Niemand!«

Planänderung

Mit dem Handy am Ohr war Justus ein Stück von der Villa fortgegangen.

Sax druckste etwas herum, kam dann aber zum Punkt. »Ich brauche einen guten Grund, heute noch mal in der Villa vorbeizuschauen. Sandra darf aber nicht bemerken, dass ich ihretwegen komme.«

Der Erste Detektiv verzog das Gesicht. Die Situation war ihm unangenehm. Außerdem hatte er keine Zeit, sich auch noch um das chaotische Liebesleben von planlosen Erwachsenen zu kümmern.

»Ich wette, Archie will mit ihr ausgehen«, redete Sax weiter. »Er fand Sandra schon immer toll. Dabei ist er nicht die hellste Kerze auf der Torte. Als wir noch Kollegen waren, habe ich ihm geraten, seine Wohnung mit den Schwingungen von Hip-Hop zu reinigen. Das hat er glatt gemacht. Mit einem gefälschten Horoskop habe ich Klassik-Archie sogar dazu gebracht, drei Tage lang mit uns beim *Desertwind-Festival* zu zelten.

Staub, Rock und Wüsten-Party bis zum Umkippen. Archie hat aber durchgehalten. Es war der Hammer!« Sax lachte. »Schade nur, dass sein großer Bruder davon Wind bekommen hat. Der ist so ein humorloser Jazzmusiker.«

»Hm«, machte Justus. Er sah den Weg hinab, der zu dem Haus von Mister Watts führte. Die Begriffe »Volt« und »Ampere« schossen ihm durch den Kopf. Und urplötzlich hatte er das Gefühl, dass alles zusammenpasste …

Die Frage war, wo er zuerst hingehen sollte. Die eine Hälfte von ihm wollte möglichst schnell in die Villa, um dort die letzten offenen Fragen zu klären. Die andere Hälfte wollte zu dem alten Nachbarn, um zu überprüfen, ob seine Theorie stimmte.

»Ich muss Schluss machen«, sagte Justus abrupt zu Sax. Fast gleichzeitig setzte er sich in Bewegung. Seine Beine hatten offenbar schon entschieden, wo es hingehen sollte.

»Was wollen Sie?«, brachte Peter hervor. Er hatte das Gefühl, mitten in einem Albtraum zu stecken. Warum wachte er nicht auf?

»Ich will das Fantasmofon!«, drängte die Stimme.

Peter klammerte sich am Treppengeländer fest. »Ich habe es aber nicht! Und ich weiß auch nicht, wo es ist.«

»Aber ihr habt eine heiße Spur!«

»Sie haben uns in der Küche belauscht«, empörte sich Peter.

»Niemand hört alles.«

»Damit war doch der Ring gemeint.«

»Niemand weiß, wenn du lügst. Ich will das Fantasmofon. Sorg dafür, dass ich es bekomme. Sonst behalte ich die drei Seelen, die mir hier in der Unendlichkeit etwas Gesellschaft leisten können.«

»Ohne Justus kann ich das Fantasmofon nicht finden«, sagte Peter, und es gelang ihm, nicht mehr ganz so ängstlich zu klingen, sondern beinahe trotzig. »Und der ist noch draußen.«

»Ruf ihn rein!«

»Mache ich.« Peter setzte einen Fuß auf die nächsthöhere Stufe.

»Handy hierlassen! Und keine Polizei«, schallte es durchs Haus. »Sonst siehst du die anderen nie wieder.«

Peter fand das für einen Geist etwas unpassend. Verbrecher sagten solche Sätze, Geister hatten das nicht nötig. Und dann dämmerte ihm, dass die unheimliche Stimme sogar ganz sicher zu einem Menschen gehörte. Drehte die Paratronikerin durch, weil ihre Pläne einer nach dem nächsten scheiterten? Oder war noch jemand anderes hier?

»Beeil dich!«

»Äh, klar. Mache ich.« Das musste man Peter nicht zweimal sagen. Schon sprintete er hinauf Richtung Haustür, riss sie auf und blickte hinaus. »Just!«

Doch von seinem Freund war draußen weit und breit nichts zu sehen.

Der Erste Detektiv klingelte bei dem gelben Haus mit den weißen Sprossenfenstern.

Ein alter Mann öffnete ihm die Tür. »Nanu, ist heute der Tag der jungen Leute? Sonst kommt hier höchstens der Postbote vorbei.«

»Ich bin –«, begann Justus.

»Lass mich raten«, unterbrach ihn Mr Watts. »Du gehörst zu den drei Burschen, die drüben im *Fogmire House* helfen?«

»Genau«, sagte Justus überrascht. »Peter hat Ihnen also von uns erzählt?«

»Er hat mir sogar eure Visitenkarte gegeben. Falls ich mal Detektive brauche.«

Justus war erleichtert, dass der alte Mann ihm nicht mit allzu viel Misstrauen begegnete. »Mein Name ist Justus Jonas. Wenn Sie möchten, zeige ich Ihnen als Identitätsnachweis gerne meinen Führerschein.«

»Damit ich weiß, dass du Auto fahren kannst?«

»Damit Sie wissen, dass ich wirklich Justus Jonas bin.«

»Das merke ich auch so. Du bist der schlaue Chef von Peter.«

»Hat er mich so genannt?«, wunderte sich Justus.

Der alte Mann schmunzelte. »So ähnlich. Willst du nicht reinkommen?«

»Danke, aber ich habe es leider eilig«, erwiderte Justus höflich. »Mr Watts, darf ich Sie etwas fragen?«

»Nur zu«, sagte der alte Mann.

»Mr Fogmire hat Professorin Kapoor eine Tonaufnahme hinterlassen. Darin sagt er Folgendes: *Begib dich auf die Suche und lüfte das Geheimnis der sprechenden Lichter. Die Produkte aus Volt und Ampere sind der Schlüssel zur Geisternacht.*«

Der alte Mann runzelte verwundert die Stirn. »Sag bloß, dass du das auswendig gelernt hast.«

Justus nickte. Er hatte die Botschaft nur einmal gehört – nachdem Bob sie ihm geschickt hatte. »Das ist für mich sehr einfach. Aber der Teil mit dem Produkt aus Volt und Ampere ist eine Herausforderung, wenn man Sie nicht kennt.«

»Mich? Nun bin ich gespannt auf deine Erklärung.« Der alte Mann lächelte den Ersten Detektiv so verschmitzt an, dass dieser sich sicher war, die richtige Lösung zu kennen.

»Es ist eine mathematische Formel. Das ›Produkt‹ ist das Ergebnis einer Multiplikation. Und das Produkt aus Volt und Ampere ergibt Watt, die elektrische Leistung. In der Tonaufnahme geht es um ›Produkte‹, also Mehrzahl: Watt – Watts. Diese ›Rechnung‹ ist mir zwar gleich klar gewesen, aber ich habe die Sprachspielerei zunächst nicht mit Ihrem Namen in Verbindung gebracht.«

»Dennoch bist du sehr schnell darauf gekommen. Und nun? Wie kann ich dir weiterhelfen?«

»Mr Fogmire hat kurz vor seinem Tod mit Ihnen gesprochen. Er bat Sie, Professorin Kapoor zu helfen.«

»Ja, so war es.«

»Sie sind der Schlüssel, von dem er spricht, und Sie sollen Professorin Kapoor helfen, das Fantasmofon zu finden.«

»Meine Güte, du hast wirklich den Durchblick!«, freute sich Mr Watts. »Fenn Fogmire bat mich tatsächlich, auf seine Erbin zu warten. Er dachte, sie würde die Anspielung verstehen und mich schon ganz bald besuchen. Aber ich fürchte, sie hat sich nicht mehr an mich erinnert. Vor Jahrzehnten war sie oft mit ihren Eltern hier. Sehr nette Menschen, mit denen ich gerne geplaudert habe, während sich die kleine Sunyata gelangweilt hat. Sie wollte damals lieber in das spannende Haus. Aber schon nach ein paar Jahren fühlte sie sich zu groß dafür und hat die anderen Kinder belächelt, wenn sie an Halloween zur Villa liefen.«

»Und Sie durften sich nicht bei ihr melden?«, wollte Justus wissen.

»Ich sollte ihr genügend Zeit geben«, erklärte Mr Watts. »Fenn war es wichtig, dass sie sich in Ruhe mit dem Erbe auseinandersetzt. Aber der Sommer verstrich, die Villa stand leer und niemand kümmerte sich um das Haus und den Garten. Ehrlich gesagt war ich enttäuscht von Sunyata.«

»Sie war mit dem Erbe offenbar überfordert«, erklärte Justus. »Aber dürfen Sie eventuell auch anderen mitteilen, worum es in der Botschaft genau geht?«

»Du meinst, drei Detektiven? Ich bin mir nicht sicher«, gestand der alte Mann. »Immerhin ist es ein besonderes Geheimnis, das Teil des Erbes ist.«

»Dann sollten Sie Professorin Kapoor vielleicht doch mal anrufen und sie bitten, direkt herzukommen. Sonst fällt das Erbe am Ende noch in die falschen Hände.«

Der alte Mann sah auf seine Uhr. »Es wird bald Abend. Wenn Sunyata heute noch kommt, muss ich ein paar Dinge vorbereiten. Ich habe die Sachen ja weggeschlossen.«

»Was für Sachen?«

»Oh, das ist auch ein Geheimnis«, erwiderte Mr Watts.

»Eine andere Frage habe ich noch, bevor ich schnell wieder in die Villa muss.«

»Schieß los, Junge.«

»Sie haben Peter von zwei kleinen Jungen erzählt, die früher an Halloween zu Mr Fogmire gekommen sind. Wurde dieser Theodore auch manchmal Ted genannt?«

»Ja.« Mr Watts nickte. »Das ist ja eine übliche Abkürzung.«

»Und der jüngere Bruder hieß Archibald?«

»Noch so ein Volltreffer. Junge, du solltest mal bei einer Quizshow mitmachen«, staunte Mr Watts.

»Das habe ich schon«, sagte Justus leicht verlegen.

»Na bitte. Jedenfalls hieß der Kleine tatsächlich Archibald. Wir haben ihn aber immer nur Archie genannt. Ein lieber kleiner Kerl.«

»Weiß er von dem Rätseltext, den Fenn Fogmire seiner Großnichte hinterlassen hat?«

»Ich glaube nicht«, sagte Mr Watts. »Aber ich habe auch lange nicht mehr mit ihm gesprochen. Ich war einige Wochen in Florida und bin heute erst zurückgekommen.«

Justus bedankte sich bei dem alten Herrn, bat ihn, den Anruf bei Professorin Kapoor nicht zu vergessen, und verabschiedete sich. Dann lief er zur Villa zurück.

In der Eingangstür von *Fogmire House* wartete ein verzweifelter Peter und blickte ihm mit aufgerissenen Augen entgegen. »Wo warst du?«

»Was ist los?«, fragte Justus.

»Du musst das Fantasmofon finden, sonst müssen Dr. Sandler, Tess Zongora und Mr Belltone das ausbaden – die wurden nämlich von Niemand entführt. Also von dem Niemand, der hier gestern in der Nacht angerufen hat.«

»Kein Problem«, sagte Justus gelassen.

»Kein Problem?«, echote Peter verzweifelt. »Das sehe ich etwas anders. Miss Zongora hat sogar um Hilfe geschrien, aber ich habe sie nicht gefunden.«

»Kann uns dieser Niemand hören?«, fragte Justus, als sie beide in die Diele eintraten.

Peter nickte und deutete auf die halb offene Tür des Arbeitszimmers. Dort befand sich eines der Rohrenden.

»Justus ist hier!«, rief der Zweite Detektiv.

»Sie bekommen das Fantasmofon!« Justus trat näher an das Arbeitszimmer heran und stieß die Tür auf. »Vorher müssen wir aber reden!«

»Ihr habt keine Zeit!«, dröhnte die Stimme gleichzeitig von vorne und von unten.

»Ich muss sichergehen, dass Dr. Sandler, Miss Zongora und Mr Belltone nichts zustößt«, gab Justus zurück.

»Erzählt mir, was ihr wisst, und ich werde euch vielleicht entgegenkommen«, säuselte die Stimme.

»Ich weiß längst, wo das Fantasmofon ist«, erklärte Justus. »Aber wie bereits gesagt, brauche ich Gewissheit, dass es den Entführten gut geht. Außerdem möchte ich erfahren, was geschieht, wenn ich Ihnen den Ort verrate.«

»Das sind sehr viele Bedingungen«, zischte die Stimme.

Justus ließ sich nicht drängen. Stress wirkte sich unmittelbar auf die Denkfähigkeit aus. Daher zwang er sich selbst, tief und gleichmäßig zu atmen. Dann holte er ein Stück weiße Kreide aus der Hosentasche und schrieb »Wo warst du überall?« auf die Dielenbretter.

Peter kramte hektisch in seinen Taschen.

»Also, was ist nun? Hilfst du mir?«, fragte die Stimme, ohne zu sagen, ob sie Justus' Bedingungen akzeptierte.

»Meine Freunde und ich werden nicht die Polizei rufen«, antwortete der Erste Detektiv ruhig. »Ich werde Ihnen helfen, diese Villa mit dem Fantasmofon zu verlassen. Und Sie werden im Gegenzug alle Geiseln freilassen.«

»Gut. Ich bin gleich wieder da!«

Es wurde still im Raum. Während Peter mit der blauen Kreide auf den Boden schrieb, dachte Justus nach. Die Person namens Niemand war noch im Haus – in einem Raum, der mit dem Rohrsystem verbunden war. Hier oben im Arbeitszimmer befand sie sich nicht.

Auf den Dielen stand schließlich: »Bibliothek, Speisezimmer, Salon.« Justus strich die drei Wörter durch und schrieb darunter: »Bad bei den Gästezimmern? Keller?« Er sah Peter an.

Der ergänzte: »Oder in einem Geheimraum?«

Die Schlange

Bob hatte die nervige Bandprobe nach dem Telefonat mit Justus sofort verlassen und war zum Museum zurückgefahren, um Jenna nach der Assistentin von Professorin Kapoor zu fragen. Gerade noch rechtzeitig kam er dort an. Die Studentin wollte sich gerade auf den Weg in den Feierabend machen.

»Und du bist extra noch einmal hergefahren, weil du mit mir über Ria sprechen willst?«, fragte sie, als sie gemeinsam durchs Foyer zum Ausgang gingen. »Warum kommst du dafür zu mir? Professorin Kapoor ist doch Rias Vorgesetzte.«

»Das Museum war näher dran«, gestand Bob. »Außerdem ist Professorin Kapoor ständig beschäftigt und ich hatte das Gefühl, dass du etwas verärgert klangst, als du Ria und ihre Verletzung erwähnt hast.«

»Dein Gehör scheint zu funktionieren«, sagte Jenna. »Aber ich würde schon gerne wissen, weswegen du ausgerechnet über Ria sprechen willst.«

»Es ist nur eine Vorsichtsmaßnahme«, antwortete Bob

schnell. »Ich muss alle Leute überprüfen, die von Fogmires Botschaft wissen.«

»Für die Schule?«

»Nein, ich bin Detektiv.« Bob erwartete darauf einen schnippischen Kommentar.

Stattdessen sagte Jenna nur: »Cool!«

Das ermutigte ihn, die nächste Frage zu stellen: »Würdest du Ria zutrauen, andere zu belügen, wenn es ihrem eigenen Vorteil dient?«

»Das hast du jetzt aber sehr vornehm ausgedrückt.« Jenna schnaubte. »Ob sie verlogen ist? Ja. Sie ist eine Schlange.«

»Und das sagst du jetzt erst?«

»Es gab keinen Grund, unnötig über sie zu lästern«, gab Jenna zurück. »Hak mich mal ein. Dann müssen wir nicht so schleichen. Bei Dämmerlicht sehe ich noch weniger und die Wege hier sind ziemlich uneben.«

Bob trat neben sie und nahm ihren Arm.

»Danke. Ich muss runter zum Bus. Autofahren geht leider schlecht. Räumliches Sehen, du weißt schon.«

»Ja, klar, verständlich«, sagte Bob.

»Also, du willst mehr über Ria wissen. Hör zu: Ich glaube, diese zweizüngige Viper will meine Forschungen für eine eigene Arbeit nutzen. Ich hatte sie gebeten, mir beim Lesen der Tagebücher von Charlotte Ashwood zu helfen, weil es auf Dauer für mich zu anstrengend wurde. Natürlich hat sie es nicht aus Nächstenliebe getan. Sie ist ständig pleite und ich habe sie fürs Vorlesen bezahlt.«

»Und du hast ihr vertraut?«, wunderte sich Bob.

»Bislang hat sie sich nur für die großen, bekannten Erfinder interessiert«, erklärte Jenna. »Trotzdem war zwei Tage später eins der Bücher weg, dann noch eins. Ich habe die dann in ihrer Tasche wiedergefunden. Ria hatte natürlich großartige Ausreden parat und hat es am Ende noch so gedreht, dass ich als die Böse dastand – immerhin habe ich ja in ihrer Tasche gewühlt.«

»Hast du mit Professorin Kapoor darüber gesprochen?«

»Das bringt nichts. Ria kommt mit allem durch. An der ist echt eine Schauspielerin verloren gegangen. Die kann innerhalb von Sekunden eine total glaubwürdige Rolle spielen. Fantasie hat sie auch zur Genüge. Das mit dem verletzten Arm ist garantiert eine weitere Lüge, damit sie sich nicht um die Ausstellung kümmern muss. Entweder macht sie blau, weil sie eine neue Geldquelle aufgetan hat, oder sie schreibt gerade den Entwurf für eine wissenschaftliche Arbeit zu *meinem* Thema.« Jenna sah bei dem Gedanken daran richtig wütend aus. »Am Montag liegt der dann in der Uni auf dem Tisch, und wenn ich später damit ankomme, heißt es, *ich* hätte die Idee *bei ihr* geklaut.«

»Wenn deine Vermutungen stimmen, ist das ganz schön heftig«, fand Bob. »Aber würde Ria auch Menschen in Gefahr bringen?«

Jenna überlegte viel zu lange.

»Es ist wichtig!«

»Ich denke, zunächst würde sie lieber versuchen, sich geschickt aus der Sache herauszuwinden.«

»Und wenn das nicht funktioniert?«

»Menschen reagieren sehr unerwartet, wenn sie in die Enge getrieben werden«, überlegte Jenna. »Manchmal geben sie plötzlich auf. Oder sie greifen genau dann an, wenn man es nicht erwartet.«

»Das stimmt«, bestätigte Bob.

»Muss ich mir Sorgen machen? Deine Fragen klingen düster.«

»Nein«, wehrte Bob schnell ab. »Ria ist ja noch nicht einmal richtig verdächtig. Und ich lass dich auch gleich in Ruhe. Ich müsste nur noch wissen, wie Ria aussieht.«

»Da fragst du die Richtige.« Jenna lachte auf. »Details wie Sommersprossen, einfache Narben, kleine Unterschiede in der Haarfarbe und so was erkenne ich nur, wenn ich ganz dicht an die Leute herangehe. So dicht, dass sie panisch zurückweichen!« Sie grinste. »Ich darf solche Witze machen – du übrigens nicht.«

»Ich kann nur mit Kontaktlinsen scharf sehen«, gab Bob zu. »Stark kurzsichtig auf beiden Augen.«

»Das zählt kaum. Doch von mir aus darfst du jeden ungeraden Mittwoch bei Regen einen Scherz übers Sehen machen.«

»Danke. Aber du lenkst vom Thema ab.«

»Dann machen wir es kurz: Ria ist klein, schmal und durchtrainiert. Sie ist eine von diesen Menschen, die ständig Sport machen: von Freeclimbing direkt zum Gewichtheben und danach noch schön eine Stunde Kampfkunst.«

Würde zu unserem Einbrecher passen, dachte Bob, aber er sprach es lieber nicht aus. Jenna hatte einen speziellen Sinn für Humor und er fand sie sehr sympathisch. Trotzdem wusste er nicht, ob er ihr uneingeschränkt trauen konnte. »Interessiert sich Ria auch für das Fantasmofon?«

»Fogmires Sachen fand sie uninteressant«, sagte Jenna. Dann überlegte sie kurz. »Wobei sie neuerdings …«

»Was ist?« Bob wurde ungeduldig, weil Jenna schon wieder eine lange Pause machte. Dieses Mal schien kein Scherz dahinterzustecken.

»Nachdem sie mir aus dem Tagebuch vorgelesen hat, hat sich das geändert.«

Bob horchte auf. »Den Zusammenhang verstehe ich nicht.«

»Charlotte Ashwoods Tagebücher!«, half ihm Jenna auf die Sprünge. »Das Thema meiner wissenschaftlichen Arbeit. Die Bücher befanden sich in einer der alten Kisten aus Fogmires Arbeitszimmer. Professorin Kapoor wollte sie in das Mitnahme-Regal in der Uni-Mensa stellen. Zum Glück hab ich vorher reingeschaut.«

»Könnte Charlotte Ashwood vielleicht etwas erfunden haben, was Ria jetzt sucht?«, überlegte Bob. »Etwas, das sie in ihrem Tagebuch beschrieben hat?«

»Du spielst doch nicht auf das Fantasmofon an?«

»Na ja, waren damals nicht gerade Geisterbeschwörungen eine Mode der reichen Gesellschaft? Das habe ich neulich erst in einem Grusel-Krimi gelesen.«

»Charlotte Ashwood war eine seriöse Wissenschaftlerin! Aber überzeuge dich selbst. Das erste Tagebuch habe ich dabei. Und wenn du mich zum Studentenwohnheim fährst, kann ich dir auch die restlichen Tagebücher zeigen.« Sie blieb stehen und nahm ihren hellblauen Rucksack ab. »Weißt du was? Professorin Kapoor sollte auch davon erfahren. Jetzt. Sie muss sich einfach mal Zeit für mich nehmen!«

Justus und Peter saßen in dem fast leeren Arbeitszimmer von Fenn Fogmire auf dem Fußboden, als die Stimme wieder aus der Lampe zischte.

»Du sagst mir jetzt, wo das Fantasmofon ist!«

Justus ging nicht auf die Anweisung ein. »Die Villa ist ständig voller Menschen, die sich nicht von Ihnen vertreiben lassen«, sagte er stattdessen beinahe freundlich. »Und Sie gelangen einfach nicht zum Ziel. Ich kann Ihnen helfen, aber ich mache mir Sorgen um Ihre Gefangenen. Und wenn ich mir Sorgen mache, kann ich mich leider nicht erinnern, wo ich das Gerät gesehen habe.«

»Also gut: Die Gefangenen sind bei mir, sie schlafen.«

»Lassen Sie mich raten«, sagte Justus gelassen.

Peter wurde langsam ungeduldig.

Aber sein Freund signalisierte ihm mit einem nachdrücklichen Blick, dass er einen Plan hatte, und sprach in aller Ruhe weiter. »Sie haben ihnen also ein Schlafmittel verabreicht – vermutlich mit dem Tee. Aber Tess Zongora ist offenbar wieder aufgewacht. Peter hat sie schreien gehört. Was haben Sie ihr getan?«

»Nur ein kleiner Schlag. Sie lebt und kommt gerade wieder zu sich.«

»Dann lassen Sie mich kurz mit ihr reden«, verlangte Justus.

Er dachte angestrengt nach. Drei schlafende Menschen konnte man nicht ohne Weiteres in ein anderes Stockwerk schleppen. Besonders nicht einen großen und schweren Mann wie Archibald Belltone. Wenn der Entführer bei den Geiseln war, musste er sich noch immer im Speisezimmer befinden, wo der Tee serviert worden war. Nur hatte Peter dort niemanden gesehen.

»Ich lasse Miss Zongora gehen!«, zischte die Stimme. »Kannst du dich dann erinnern, wo das Fantasmofon ist?«

»Ja«, sagte Justus. »Ich kann es sogar holen.«

»Du holst es gemeinsam mit Miss Zongora. Sie bringt es für mich aus der Villa und stellt es in das Auto von Mr Belltone. Den Schlüssel hab ich in seiner Jackentasche gefunden. Den klemmt sie dann unter den Scheibenwischer. Das alles selbstverständlich ohne Tricks! Sie will sich ja nicht noch einmal mit mir anlegen, nicht wahr?«

»Nein, bestimmt nicht«, ertönte die Stimme der Komponistin aus der Lampe. Sie klang benommen.

»Gut so. Ich schicke sie hoch. Wenn du ihr das Gerät übergeben hast, setzt du dich mit deinem Freund wieder ins Arbeitszimmer. Miss Zongora soll euch einschließen. Sobald ich über alle Berge bin, darf sie euch alle befreien.«

»Abgemacht«, versprach Justus.

Peter spürte, wie sein Herz zu rasen begann. Wie konnte Justus nur so ein Versprechen machen? Er hatte doch keine Ahnung, wo sich der Apparat befand. Oder doch? Hatte Justus den Geheimraum etwa schon gefunden? Peter konnte nichts anderes tun, als seinem Freund zu vertrauen.

Ein Fantasmofon ...

Als die Tür des Arbeitszimmers aufging, zuckte Peter zusammen. Hektisch wischte er über die Kreidebuchstaben am Boden. Die Erleichterung kam erst, als Tess Zongora in den Raum trat. Sie hatte allerdings nur noch wenig Ähnlichkeit mit der kessen jungen Komponistin. Ihre Hände zitterten und ihr Gesicht war so blass wie die Haut eines Vampirs. Auf der Stirn, direkt über der klobigen schwarzen Brille, klebte getrocknetes Blut.

»Sie müssen zu einem Arzt!«, rutschte es dem Zweiten Detektiv heraus.

»Später.« Tess Zongora versuchte, tapfer zu lächeln. »Jetzt sollten wir tun, was Niemand sagt.«

»Geht es den anderen gut?«, fragte Justus.

»Ja«, sagte sie mit zitternder Stimme. »Sie schlafen beide noch. Aber ich will einfach nur noch weg hier!«

»Wir holen das Fantasmofon und dann dürfen Sie gehen.« Justus stand auf. »Kommen Sie, es ist in unserem Zimmer.«

Peter hatte das Gefühl, die Situation nicht länger zu ertragen. Tess Zongora hatte Angst! Und er ebenfalls! Wenn Justus jetzt irgendeinen seltsamen Alleingang wagte und der schiefging, waren sie geliefert! Wobei der Erste Detektiv noch immer so wirkte, als könne er gleich ein voll funktionsfähiges Fantasmofon aus dem Hut zaubern.

Auf dem Weg nach unten wurde Peter beinahe übel. Justus steuerte direkt das Gästezimmer an, in dem die drei ??? übernachtet hatten.

»Ich hatte Glück«, erklärte der Erste Detektiv laut, als sie an der Tür des Badezimmers vorbeigingen. »Auf einmal habe ich verstanden, worum es ging. Und dann war es ganz einfach. Eigentlich wollte ich warten, bis Bob wieder zurück ist, um alle mit dem Fantasmofon zu überraschen.«

»Ich hätte es wissen müssen!«, ächzte Peter. Das war typisch für Justus.

Der Erste Detektiv öffnete die Tür und trat in ihr Zimmer. Im Raum herrschte ein trübes Zwielicht und es roch noch muffiger als in der Nacht. Kein Wunder, die Jungen hatten vergessen zu lüften. Ohne das Deckenlicht einzuschalten, ging Justus zu dem Schrank, der gegenüber vom Bett stand. »Ich habe es darin versteckt.«

Tess Zongora schwankte leicht. Ihre Augen hinter den Brillengläsern schimmerten. Gleich würde sie weinen. »Bitte gib es mir einfach. Ich brauche frische Luft!«

»Keine Angst.« Justus spähte in den Kleiderschrank, zog ein vergilbtes Tuch beiseite und ging leicht in die Knie. Dann hob er ächzend ein unförmiges Ding hoch und präsentierte es den anderen. Ein paar Staubflocken rieselten im trüben Licht zu Boden.

Peter entfuhr ein erstaunter Laut, ehe er sich beherrschen konnte. Er blinzelte mehrfach, doch es bestand selbst in dem trüben Zwielicht kein Zweifel: Justus hielt das Fantasmofon in den Händen – das Konstrukt von der Skizze, die Bob ihnen in der Zentrale gezeigt hatte. Der untere Teil bestand aus einem dunklen Holzkasten, der mit Metallbeschlägen verziert war. Peter sah drei Glaskolben, die aus dem Kasten herausragten. Außerdem noch verstaubte Glühbirnen, Drähte und Spulen und einige Knöpfe und Schalter. An einer Seite ragte eine Kurbel aus dem Gerät, an der anderen Seite wuchs ein handtellergroßer Trichter aus dem Holz, wie ein künstlicher Pilz.

Tess Zongora stolperte auf Justus zu und starrte das Gerät an. »Er hat es!«, rief sie laut.

Peter lauschte bang auf eine Reaktion aus dem Haus. Doch es regte sich nichts.

Darüber schien auch Justus nachzudenken. Er trat direkt neben die Komponistin. »Haben Sie Ihren Entführer zu Gesicht bekommen?«, fragte er so leise, dass Peter es kaum noch hören konnte.

Irgendwo im Haus rumpelte es.

Tess zuckte zusammen und stieß einen ängstlichen Laut aus.

»Was war das?«, fragte Peter.

»Niemand wird nervös!«, wimmerte die junge Frau. »Wir machen jetzt genau das, was verlangt wurde, okay?«

»Klar«, versprach Peter. »Wir gehen nach oben und dort müssen Sie uns im Arbeitszimmer einsperren. Dann bringen Sie das Gerät zum Wagen von Mr Belltone.«

Statt einer Antwort hielt sie mit zitternden Fingern einen Autoschlüssel hoch. Da sie erneut leicht schwankte, fügte Peter noch hinzu: »Passen Sie auf, dass Sie draußen auf der Treppe nicht stürzen.«

»Sie müssen beim Tragen wirklich vorsichtig sein«, gebot Justus. »Die Glaszylinder sitzen locker. Wenn die runterfallen, funktioniert der Apparat vielleicht nicht mehr.«

»Ich werde aufpassen«, versprach Tess Zongora und wollte das Gerät nehmen.

Doch Justus schlug es wieder in das Tuch ein. »Der Apparat war darin eingewickelt, als ich ihn gefunden habe. Und falls sich etwas löst, fällt es nicht zu Boden.«

Das Klopfen wurde lauter und wütender. Es war schwer zu sagen, aus welchem Raum es kam.

»Beeil dich!« Tess Zongora schrie beinahe. Kaum hatte Justus das Gerät verhüllt, als die Komponistin es sich auch schon schnappte.

Bob und Jenna waren gerade an dem Saal angelangt, in dem der Uni-Chor probte, als Bobs Handy klingelte. Es war Sax.

»Na, wie war die Band?«

Siedend heiß fiel Bob ein, dass er ganz vergessen hatte, sich bei seinem Chef zu melden. »Unheimlich! Aber das erzähle ich dir später. Ich habe gerade wenig Zeit.«

»Kein Problem. Ich bin übrigens nach wie vor in Malibu. Bevor ich nach Rocky Beach fahre, sehe ich gleich noch mal bei meiner entzückenden Ex vorbei. Sie ist total fertig, weil heute diese komponistische Klavier-Else angekommen ist. Viel früher als geplant. Das hat Sandra nach dem Spuk den Rest gegeben.«

»Wer ist gekommen?«, hakte Bob irritiert nach.

»Ich habe mir den Namen nicht gemerkt«, gab Sax zu. »Diese junge Frau, die kostenlos im Haus wohnen darf.«

»Da habe ich ja einiges verpasst«, wunderte sich Bob. »Aber ich komme auch gleich zur Villa. Vielleicht sehen wir uns dann noch.«

Als er auflegte, kehrte Jenna schon in Begleitung der Professorin zurück.

»Heute dreht sich wohl alles um meinen Großonkel«, wunderte sich Sunyata Kapoor. »Ich habe eben gerade eine seltsame Nachricht auf meiner Mailbox abgehört. Ein Nachbar meines Großonkels hat mit ein paar jungen Detektiven gesprochen und will mich plötzlich dringend sprechen. Hast du etwas damit zu tun?«

»Nur zum Teil«, gab Bob zu. »Ich bin auch nicht auf dem neusten Stand. Wie wäre es, wenn wir alle zusammen zur Villa fahren und anschließend den Nachbarn aufsuchen?«

»Gute Idee.« Jenna nickte. »Und ich erzähle Ihnen unterwegs von den Tagebüchern einer großartigen Wissenschaftlerin, die ich in den Kisten Ihres Großonkels gefunden habe.«

»Die Dinger, die ich entsorgen wollte?« Professorin Kapoor

runzelte die Stirn. »Ich hoffe, dieses alte Zeug ist keine Zeitverschwendung.«

»Meine Nachforschungen auf keinen Fall«, versicherte Jenna strahlend. »Sie werden von Charlotte Ashwood begeistert sein.«

»Ob das klappt?« Peter machte sich an der Tür des Arbeitszimmers zu schaffen. Tess Zongora hatte die beiden Jungen wie verlangt eingesperrt. Aber würde sie auch zurückkommen, um sie wieder rauszulassen? Peter befürchtete, dass sie zu viel Angst davor hatte, wieder in die Villa zurückzukehren. Er konnte es ihr nicht verdenken. Gleichzeitig brachte es ihn und Justus in Schwierigkeiten. Der Raum war ein ziemlich gutes Gefängnis. Es gab nicht nur eine verschließbare Tür, deren Angeln außen lagen, sondern auch nur ein einziges Fenster. Und das war vergittert. Hier führte kein Weg ins Freie. Peters Dietrichset lag unerreichbar in seinem Rucksack. Allerdings hatte er inzwischen reichlich Übung im Öffnen von Schlössern. Die Regale im Arbeitszimmer waren komplett leer geräumt und der klobige Schreibtisch zum größten Teil auch. Nur die Schublade mit den Büroartikeln hatte man wohl für wertlos gehalten. Neben einem Kissen zum Befeuchten von Briefmarken und ein paar eingetrockneten Stiften lagen darin auch ein alter Hefter und Büroklammern. Damit hatte Peter nun mehrere kleine Drähte, die er ganz nach Bedarf verbiegen konnte.

»Dass du das Ding die ganze Zeit hattest!«, murmelte er immer wieder, während er im Schloss herumstocherte. »Wie hast du es nur gefunden? Und wo?«

»Erzähl ich dir später«, sagte Justus. »Bitte beeile dich.«

Irgendwo im Haus klopfte es schon wieder.

»Warum klopft dieser Niemand immer noch?«, jammerte Peter. »Der hat doch jetzt, was er wollte, und soll gefälligst verschwinden! Zum Beispiel unten aus der Gartentür. Das Fantasmofon müsste doch längst im Auto sein.«

»Hm«, machte Justus. Er wartete geduldig, doch als Peter endlich Erfolg hatte und die Tür aufsprang, drängte er sich an seinem Freund vorbei. Er lauschte kurz und sprang dann ungewohnt flink die Treppen hinunter.

Als Peter seinen Freund einholte, stand dieser schon im Speisezimmer vor dem großen Schrank, aus dem ein dumpfes Rumpeln erklang. Justus hantierte daran herum.

»Hmmmm!«, tönte es aus dem Inneren. Es war Dr. Sandler, die mit Klebeband gefesselt und geknebelt am Boden saß. Sie konnte ihre Beine gerade so viel bewegen, dass sie gegen die rechte Schrankseite treten konnte. Während Justus die Frau befreite, fragte sich Peter, ob sie auch schon im Schrank gewesen war, als er nach ihr und den anderen gesucht hatte. Doch wo war Mr Belltone?

»Ich habe Tee getrunken …«, murmelte Dr. Sandler, als sie endlich den Knebel los war. »Dann bin ich wohl eingeschlafen … und allein im Dunkeln aufgewacht. Geht es allen gut?«

»Tess Zongora müsste gleich zurück sein, aber wir vermissen Mr Belltone.«

»Er … wollte …«, begann Dr. Sandler. Dann besann sie sich. »Archie wollte in die Küche, um die Zuckerdose zu holen …«

... und ein sprechendes Licht

Peter und Justus fanden Mr Belltone schließlich in der Speisekammer. Genau wie Dr. Sandler war er mit Klebeband gefesselt. In seinem Fall war der Entführer jedoch auf die grobe Tour vorgegangen und hatte ihn zuvor niedergeschlagen. Es ging ihm den Umständen entsprechend gut. Dr. Sandler bestand jedoch darauf, einen Arzt zu rufen. Und die Polizei gleich mit.

»Moment noch«, bat Justus. »Wurden Sie von der Paratronikerin angegriffen, Mr Belltone? Leugnen hat keinen Sinn!«

»Ja«, ächzte der Mann. »Miss van Sinclair hat irgendwie mitbekommen, dass ich ihr nicht traue und mit Sandra sprechen wollte. Da hat sie mich mit einer Bratpfanne angegriffen!«

»Wovon redet ihr?«, fragte Dr. Sandler entsetzt, doch Justus hatte bereits sein Handy gezückt.

»Die Person namens Niemand hat offenbar Mr Belltones Telefonat mit seiner Schwägerin abgehört. Sie ist eine Betrügerin, und das sogar gleich mehrfach. Aber das erkläre ich Ihnen später. Bleiben Sie beide hier. Wir erledigen die Anrufe.«

Als Bob, Jenna und Professorin Kapoor bei *Fogmire House* ankamen, parkte ein Polizeiwagen an der Gartenmauer. Zwei Beamte kamen ihnen gemeinsam mit Peter auf der Außentreppe entgegen. Der Zweite Detektiv hielt das Handy von Justus in der Hand und winkte Bob nur knapp zu, dann sah er wieder auf das Handydisplay. »Wir reden später. Jetzt müssen wir den Sender verfolgen.«

»Das war mein Kollege«, erklärte Bob Jenna und Professorin Kapoor. »Es klingt so, als würde er gemeinsam mit der Polizei jemanden verfolgen, der einen GPS-Tracker bei sich hat.«

»Klar«, sagte Jenna mit hochgezogenen Augenbrauen. »Mache ich auch jeden Tag.«

Schon startete der Polizeiwagen und fuhr mit blinkenden Lichtern davon.

Als Nächstes kam ihnen Sax entgegen, der offenbar vor ihnen bei der Villa angekommen war. »Ich dachte schon, es wäre der Arzt. Archie wurde niedergeschlagen, aber eigentlich ist es nicht so schlimm. Die anderen sind im Speisezimmer.« Er lächelte Professorin Kapoor und Jenna an. »Ich bin übrigens Sax Sandler.«

»Angenehm, Sunyata Kapoor«, erwiderte die Professorin leicht überfordert.

Sax nickte ihr aufmunternd zu. »Justus ist im Haus, ich denke, er kann am besten berichten, was los ist. Ich warte hier, bis der Arzt kommt.«

Justus Jonas saß im Salon und schien nur darauf zu warten, Licht ins Dunkel zu bringen. So erfuhren die Anwesenden

Stück für Stück von der Entführung, von der Übergabe des Fantasmofons und von der Tatsache, dass Justus einen Peilsender in dem Gerät versteckt hatte, um die Paratronikerin zu verfolgen.

»Von so etwas habe ich ja noch nie gehört!«, meldete sich Professorin Kapoor zu Wort. »Wer oder was soll das sein?«

»Gewissermaßen eine Elektronikerin für übernatürliche Energie.« Mr Belltone saß zusammengesackt auf der Couch. »Sie sollte die Geister aus dem Haus vertreiben.«

»Hätte ich als Vermieterin nicht von so einer Aktion erfahren sollen?«, fragte Sunyata Kapoor.

»Hätten Sie mich denn ernst genommen?«, fragte Mr Belltone zurück. »Außerdem wollte ich ja alles erzählen. Seit ich ihr den Schlüssel fürs Haus gegeben habe, wuchs meine Sorge, dass es ein Fehler war, die Frau zu engagieren. Sie schien geradezu besessen von dem Fantasmofon. Noch dazu wurden ihre Methoden immer zweifelhafter. Erst habe ich noch mitgespielt, weil ich mich geschämt habe, und dann war es auch schon zu spät.«

Dr. Sandler nickte besorgt. »Ich hoffe, sie hat Tess Zongora nichts angetan!«

»Tja«, machte Archie. Er wand sich sichtlich. »Dazu hätte ich auch noch etwas zu sagen. Aber ich … also …«

Justus kam ihm zu Hilfe. »Was Mr Belltone vermutlich sagen möchte ist, dass Tess Zongora in diesem Fall eine interessante Rolle spielt. Sie hat das Fantasmofon entgegengenommen, ohne auch nur zu fragen, was es ist. Auch hat sie es bei der

Übergabe genau ansehen wollen. Nicht neugierig, sondern eher skeptisch.«

»Sie war aufgeregt und durcheinander«, sagte Dr. Sandler. »Was unter den Umständen wohl normal ist.«

»Im Grunde schon«, räumte Justus ein. »Allerdings hat sie auch behauptet, es gehe allen Geiseln gut, sie würden beide schlafen. Wie konnte sie das wissen, wenn die Geiseln in verschiedenen Zimmern waren? Und wo war sie die ganze Zeit? Wenn man dann noch bedenkt, dass Tess Zongora sowohl zierlich als auch sportlich ist, früher als erwartet gemeinsam mit Mr Belltone auftauchte und seit der Übergabe des Fantasmofons verschwunden ist, drängt sich ein bestimmter Verdacht geradezu auf.«

»Was willst du damit sagen?«, fragte Dr. Sandler.

»Die Paratronikerin, der Einbrecher, der nächtliche Anrufer, der Entführer namens Niemand und die junge Frau, die sich als Tess Zongora ausgegeben hat, sind allesamt ein und dieselbe Person«, sagte Justus und sah dabei Archibald Belltone an.

Der Mann nickte kaum merklich.

»Abgesehen davon ist sie auch für den Spuk verantwortlich.«

»Ria hat damit nichts zu tun?« Jenna war enttäuscht.

In diesem Moment klingelte ein Handy.

»Das ist Peter«, erklärte Justus. Er nahm das Gespräch an und stellte auf Lautsprecher. »Gibt es Neuigkeiten, Zweiter?«

»Und ob!«, freute sich Peter. »Wir haben sie geschnappt. Direkt vor einem Studentenwohnheim am Rand von Ruxton. Du wirst es nicht glauben, es war …«

»Tess Zongora«, beendete Justus den Satz.

»Das weißt du schon?«, fragte Peter enttäuscht.

»Wurde sie festgenommen?«

»Ja. Sie hat es zwar kurz wieder mit Kickboxen versucht, aber dieses Mal war ich vorgewarnt und hatte die beiden Polizisten als Verstärkung dabei. Stellt euch vor: Bei dem Kampf ist ihre Perücke abgefallen! In echt sind ihre Haare streichholzkurz und sie braucht diese Brille auch nicht. Das war nur Maskerade, genau wie die falsche Wunde am Kopf.«

»Klingt ja doch nach Ria!«, rief Jenna triumphierend. »Die kann lügen wie gedruckt!«

»Das glaube ich alles nicht«, entfuhr es Professorin Kapoor.

»Die Verkleidung war darauf abgestimmt, dem Foto der echten Tess ähnlicher zu sehen«, erklärte Justus. »Und es hat ja auch recht gut geklappt. Zumal sie anfangs dabei noch Mr Belltones Unterstützung hatte. Er hat für Ria gelogen.«

»Ria alias Joanne van Sinclair.« Archibald Belltone sackte förmlich in sich zusammen.

»Es wäre gut, wenn du wieder herkommen könntest, Zweiter«, sagte Justus in Richtung des Handys. »Ich denke, wir sollten gleich Mr Watts herüberbitten, damit wir mit der Suche nach dem Fantasmofon beginnen können. Da möchtest du doch bestimmt auch dabei sein.«

»Jetzt kapiere ich gar nichts mehr!«, rief Peter aus dem Lautsprecher. »Das Ding hast du der falschen Tess doch schon gegeben. Die Beamten haben es eben sichergestellt und mit zur Wache genommen.«

»Das, was du gesehen hast, war ein Justafon«, sagte der Erste Detektiv mit hörbarem Stolz in der Stimme. »Ein Geniestreich, aber kein Meisterwerk. Es war lediglich eine Attrappe aus alten Teilen, die ich vom Schrottplatz mitgenommen hatte. Gestern Nacht und heute Morgen habe ich damit eine ganz besondere Hülle für den GPS-Tracker gemacht. Ich wollte auf jeden Fall einen Köder haben, falls unser Gegner uns in die Enge treiben sollte. Und Ria ist uns dann tatsächlich in die Falle getappt.«

»Dann ist das echte Fantasmofon noch immer in der Villa?«, staunte Mr. Belltone.

»Davon gehe ich aus«, sagte Justus.

Sax stieß die Tür zum Salon auf. »Der Arzt ist da!«

Justus und Professorin Kapoor begleiteten den alten Mr Watts ins *Fogmire House*. Sie ersparten ihm die Treppen und halfen ihm über den Rasen bis zur Terrassentür zum Salon. Dort wurde er besonders herzlich von Archibald Belltone begrüßt, der vom Arzt lediglich ein Pflaster und ein paar mahnende Worte erhalten hatte.

»So voll war es hier seit den berühmten Halloween-Abenden nicht mehr«, sagte Mr Watts. Er strahlte.

»Das liegt daran, dass alle dabei sein wollen«, erklärte Justus. Er stellte eine Kiste ab, die er für Mr Watts getragen hatte.

»Dann sollten wir zunächst mal dekorieren«, sagte der alte Mann. »Die falschen Spinnweben zuerst, dann die Kerzen und die Porzellan-Kürbisse.«

»Wir helfen«, bot Henry Barrister an. Der Professor hatte Peter mit dem Auto zur Villa gefahren. Als guter Bekannter der drei Detektive und Chorfreund von Sunyata Kapoor und nicht zuletzt aus Forschungsinteresse wollte er nur allzu gern bei der Enthüllung des Fantasmofons dabei sein.

»Könnt ihr nicht auch mal mit anpacken?«, beschwerte sich Peter, der Getränke verteilte.

»Wir recherchieren gerade!«, verteidigte sich Bob. Er las mit Jenna in einem der Tagebücher.

Sax wiederum war sehr beschäftigt damit, die Hand seiner Exfrau zu halten. »Nicht, dass sie wieder entführt wird«, sagte er, als müsse er sie beschützen.

Für einen Außenstehenden hätte die Gesellschaft glatt als Familienfeier durchgehen können.

»Verehrte Anwesende«, sagte Justus schließlich laut und übernahm damit die Rolle des Gastgebers. »Die Dekoration ist fertig. Wir wollen nun herausfinden, was es mit dem Fantasmofon wirklich auf sich hat. Wir sind hier in dem Raum, in dem Fenn Fogmire den Höhepunkt seiner Halloween-Partys inszenierte. Mr Watts wird uns erklären, welche Aufgabe Mr Fogmire ihm vor seinem Tod übertrug.«

Alle wandten sich dem alten Mann zu. Er versuchte, sich so gerade wie möglich zu machen. »Mein Nachbar war ein Wundertechniker und sein wahres Publikum waren nicht etwa die Erwachsenen, sondern die Kinder. Das begriff er, als er zum ersten Mal ein Halloween-Fest für seine Großnichte ausrichtete. Es war der Beginn einer einzigartigen Tradition, die ihm viel bedeutete. Als er sah, dass seine Großnichte Sunyata sich von seiner magischen Wunderwelt abwandte, betrübte ihn das. Später aber war er dann auch stolz darauf, dass sie die Wunder der Technik zu ihrem Beruf machte. Fenn Fogmire gab mir vor seinem Auszug aus der Villa nicht nur die Halloween-Dekorationen, sondern auch ein paar besondere Kerzen und bat mich, sie für den großen Moment aufzubewahren.« Umständlich zog er einen schlichten Holzkasten aus einem Jutebeutel und reichte ihn Sunyata Kapoor. Als sie ihn aufklappte, konnte man mehrere schwarze Wachsrollen mit vergilbten Papierbanderolen erkennen.

»Das sind keine Kerzen!«, rief die Professorin.

»Es sind Tonaufnahmen, nicht wahr?« Bob war neben sie getreten und lächelte. »Die Stimmen der Toten.«

Archibald Belltone starrte sprachlos auf die Rollen.

»Ein Geschenk von Fenn Fogmire an seine Großnichte«, erklärte Mr Watts. »Allerdings sind sie nicht vollständig.«

»Man könnte sagen, die Hauptrolle fehlt«, mutmaßte Justus.

»In der Tat«, bestätigte der alte Mann. Er humpelte zu der altmodischen Uhr, die auf dem Kaminsims angebracht war, und klappte die Glaskuppel darüber hoch.

»Ria, also unsere falsche Tess, hat dort auch schon gesucht«, erklärte Justus. »Im Gegensatz zu Professorin Kapoor hat sie Mr Fogmires letzte Botschaft durchaus ernst genommen – zumindest, nachdem sie in einem alten Tagebuch ein paar Entdeckungen gemacht hat, denen sie geradezu detektivisch auf den Grund gegangen ist. An einer Hürde von Fogmires

Botschaft ist sie jedoch gescheitert. Zum Ziel gelangt man nur, wenn man Mr Watts kennt und weiß, auf welches Datum und welche Zeit man die Uhr stellen muss.«

»Und ich sollte das wissen?«, fragte Sunyata Kapoor. »Oder … Moment. Wir spielen hier doch gerade Halloween – die Geisternacht, Fenns Lieblingsfest!«

Mr Watts lächelte nur.

Die Professorin nickte. »Also ist das Datum der 31. Oktober. Fehlt noch die Uhrzeit.«

»Die Show begann immer um Punkt acht Uhr«, erinnerte sich Archibald Belltone.

Professorin Kapoor sah ihn überrascht an. »Sie waren damals auch dabei?«

»Vermutlich einige Jahre nach Ihnen. Aber mein großer Bruder kann sich noch an Sie erinnern.«

»Dann hättest du das Rätsel doch schon längst lösen können!«, sagte Sax zu seinem ehemaligen Kollegen.

»Wie denn?«, fragte Mr Belltone. »Ich habe doch jetzt erst überhaupt davon gehört.«

Sunyata Kapoor trat an die Uhr. Zuerst drehte sie die Rädchen für das Datum. Anschließend stellte sie die Zeiger auf Punkt acht Uhr. Der kleine Hammer über dem Zifferblatt bewegte sich und schlug gegen die Metallglocke. Fast gleichzeitig schob sich ein Viereck aus Mosaikfliesen an der Wand neben dem Kamin auf.

»Dahinter ist etwas!«, rief Peter.

Tatsächlich klebten die Fliesen auf einer kleinen Tür, die

Professorin Kapoor nun beiseiteklappte. Alle im Raum hielten die Luft an. Doch hinter der Tür befand sich lediglich eine weitere Tür.

»Es ist ein Safe.« Mr Watts holte ein seltsames kleines Gerät mit altmodischen Knöpfen, Schaltern und Lämpchen aus einem weiteren Stoffbeutel. »Das ist die Fernbedienung dazu. Also der Schlüssel.«

Professorin Kapoor nahm das Gerät entgegen. Kurz darauf hatte sie den richtigen Knopf gefunden und die Safetür sprang mit einem leisen Klicken auf.

»Da steht das Fantasmofon«, sagte Archibald Belltone mit heiserer Stimme. »Genau so habe ich es in Erinnerung.«

Später konnte Bob nicht mehr sagen, wie lange es dauerte, bis das Gerät einsatzbereit war. Aber er würde nie vergessen, wie aufgeregt alle gewesen waren. Besonders Archibald Belltone und Jenna. Als das Fantasmofon endlich in Betrieb genommen wurde, durfte die Studentin die Kurbel drehen. Ein Surren erklang. Dann leuchteten die Glühbirnen auf. Bob konnte sehen, wie sich die schwarze Wachsrolle bewegte, die Fenn Fogmire bereits an der Rückseite des Kastens eingelegt hatte. Und dann hörte er die Stimme: »Mein Name ist Charlotte Ashwood. Die Welt verändert sich. Große Erfinder präsentieren Wunderwerke aus Licht und Tönen. Und ich kann nur heimlich daran teilnehmen, still und unsichtbar wie ein Geist. Doch meine Erfindung wird leuchten und mein ungehörtes Flüstern wird zu einem lauten Ruf werden: Ich bin Charlotte

Ashwood und mein Sprechendes Licht funktioniert!« Jenna drehte die Kurbel weiter, doch die Botschaft war beendet.

»Das Sprechende Licht!«, sagte die Studentin andächtig.

Professorin Kapoor wirkte leicht benommen. »Mein Großonkel war immer für Überraschungen gut. Damals mit dem Budenzauber rund um das Fantasmofon und jetzt mit der Enthüllung, dass es sich um ein wahres Meisterwerk handelt – nur eben nicht von ihm, sondern von einer echten Erfinderin.«

Zwei Wochen später betraten die drei ??? zusammen mit vielen Kindern und Erwachsenen das *Peterson Museum*. Die Jungen waren als Ehrengäste zur Ausstellungseröffnung eingeladen – genau wie die Sandlers, Mr Watts und Mr Belltone. In der Villa war inzwischen die echte Tess Zongora eingezogen. Mit ihrer klobigen Brille und den glatten braunen Haaren ähnelte sie der verkleideten Ria so sehr, dass Archie Belltone sich beinahe etwas vor der Komponistin fürchtete.

»Liebe Kinder«, begrüßte Jenna das Publikum in einer der Mitmach-Ecken. »Ich heiße euch zur Ausstellung *Schall im Rauch* willkommen. Wir zeigen euch hier ein paar tolle Erfindungen. Einige von ihnen haben die Welt im Laufe der Geschichte verändert, andere sind erst vor Kurzem entdeckt worden. Ich werde euch von dem Sprechenden Licht erzählen, einem Gerät, das nicht nur auf besondere Art und Weise Töne aufnehmen und wiedergeben, sondern die Klänge auch noch in Lichtsignale umwandeln kann. Eine Sensation für die Zeit, in der es entstand! Ihr werdet hier mehr über Charlotte Ashwood erfahren – die Frau, die das Sprechende Licht erfunden hat, leider im Verborgenen. Und ihr hört von einem Wundertechniker, der das Gerät und die dazugehörigen Tagebücher der Erfinderin als Trödel bei einer Haushaltsauflösung kaufte. Ihr werdet erfahren, wie er es reparierte und schließlich als eigene Erfindung namens Fantasmofon ausgab. Und am Ende wird es darum gehen, wie er diese Tatsache als uralter Mann bereute und dafür sorgte, dass Charlotte Ashwood nun endlich den Ruhm erhält, der ihr zusteht. Jetzt geht es los, liebe Kinder. Und wenn ihr nichts kaputt macht und besonders gut zuhört, werde ich euch vielleicht sogar noch von einer Schurkin namens Ria erzählen, die das Gerät für eine unglaublich hohe Summe an einen zwielichtigen Sammler verkaufen wollte. Dann wäre es für immer verschollen gewesen.«

»Ist das Sprechende Licht denn wirklich so wertvoll?«, fragte Peter leise, als sie weitergingen.

»Das wird noch überprüft«, antwortete Bob ebenso leise. »Aber Professorin Kapoor ist sich jetzt schon sicher, dass es eine wissenschaftliche Sensation wird. Sie ist heilfroh, dass Jenna die Tagebücher gerettet hat.«

»Allerdings war es Ria, die begriffen hat, dass es sich bei der Skizze aus Fenn Fogmires Nachlass und der Erfindung aus den Tagebüchern um ein und dasselbe Gerät handelt«, warf Justus ein. »Sie hat die richtigen Schlüsse gezogen und den Rätseltext beinahe richtig gedeutet.«

»Nur, weil Jenna beim Lesen noch nicht so weit gekommen war«, sagte Bob. »Sonst hätte sie das bestimmt auch geschafft.«

»Ohren auf und zugehört!«, rief Jenna. »Bitte auch die störenden Jungen dahinten in der Ecke.« Alle sahen sich zu den drei ??? um. Ein Kind machte sogar: »Pst!«

»Schon verstanden!«, versprach Bob.

»Wir sind leise«, versicherte Peter.

Und da Justus gerne das letzte Wort hatte, kam von ihm noch ein deutlich hörbares: »Sehr leise!«